小説 末永敏事

目次

プロローグ

プロローグ

茜色に染まる有馬川の土手で銀二が、

「空が燃えるぞ」

と叫んだ。

「銀ちゃん、空は燃えんぞ」

敏事《びんじ》と幸太郎が笑った。

末永敏事、木村幸太郎、二つ年下の上山銀二は今福尋常小学校に通う仲良しである。

「銀ちゃん、もう上がれよ」

浅瀬で遊んでいる銀二に幸太郎が声をかけた。

銀二は土手に上がると腕を大の字に開き草叢《くさむら》の中に寝転んだ。

「敏《びん》ちゃん、今日も盥《たらい》のような太陽が見られるな、こういうのが幸せっていうのか」

「銀ちゃんは難しいことをいうな」

敏事と幸太郎は顔を見合わせて笑った。

心地よい風が吹き川は静かに流れ、天空の雲が白から茜色に変わっていった。

一八八六年（明治一九年）明治政府は初等教育を目的とした小学校令を発布。尋常小学校、高等小学校とも修業年限は四年である。尋常小学校入学時点の六歳から高等小学校卒業時点の一四歳に至る八年間が就学義務であるが、農村部の子弟の大半は家庭の事情により通うことができなかった。当時の就学率は約五〇パーセント、庶民の生活がいかに大変だったかを推察できる。

そういう中にあって三人が学校に行けたのは敏事の父・末永道伯《どうはく》の影響が大きかった。

道伯は西洋医学を取り入れた漢方医で島原半島北有馬村今福では名の知れた医師であり漢学者であった。

道伯は自ら夢追塾と名づけた私塾を開き近隣の子どもたちを集め無償で漢学を教えた。いわゆる寺子屋である。「教育は宝」は道伯の口癖であるが、「学問なんぞ飯の種にもならねえ」という親を説き伏せ子どもたちを夢追塾に通わせたのは道伯の熱意による。

塾が終わると子どもたちは一目散に有馬川に走った。夏は水に遊び小魚を追い、川蜆をとり、冬は川原に落ちる木っ葉を集めた。子どもたちのとった魚は食卓をにぎわせ、集めた木屑は燃料として使われた。小さいながらも家の役に立てることは家族の一員としての誇りであり、道伯の教えでもあった。

有馬川流域は開墾された田畑が広がり集落や溜池が点在する肥沃な土地だが、農民の生活はけして楽ではなかった。

末永敏事は、一八八七年（明治二〇年）島原半島北有馬村今福に生まれた。

北有馬村は長崎県の島原半島にあったが二〇〇六年の市町村合併により現在は南島原市となっている。町名の由来はキリシタン大名有馬晴信に由来し、西洋文化をいち早く取り入れ、伊藤マンショ、中浦ジュリアンなどを輩出した。

敏事は漢学者の父を持ちながら、母・葵がクリスチャンであったことからキリスト教の影響も強く受けた。

有馬川は豪雨のたびに氾濫する暴れ川といわれたが、島原湾に流れ込み東シナ海、太平洋へと注ぐ、敏事にとっては世界へと続く夢を育む川だった。

暗闇が迫ると夏は川辺に無数の蛍が飛び交い、春は菜の花であふれまるで桃源郷のようだった。この桃源郷が三人の少年を育んだ故郷今福である。

銀二が草叢《くさむら》から立ち上がると蛍を追い、

「こっちの水はあまいぞ」

と叫んだ。

「敏ちゃん、大きくなったら何になるの」

土手に座りいつも同じ質問をするのは幸太郎である。

「僕は医者になる、そして多くの困っている人を助けたいんだ」

「どんなお医者さん」

「そうだな、僕は労咳《ろうがい》のお医者さんになりたい。お父さんが労咳は不治の病だから、それが治せればすごいって言ってた」

「そうなの」

結核は、一八八二年ドイツの医師ロベルト・コッホによって結核菌が発見された感染症だが、当時は労咳と呼ばれ不治の病とされていた。

「いいな、敏ちゃんの家はお金もちだし勉強もできるから」

「幸ちゃんだって勉強できるじゃない」

幸太郎はためらいながら、

「敏ちゃんがお医者になるのだったら僕は歯医者になるよ」

と言った。

幸太郎がためらいながら言ったのは、家が貧農で進学するだけの資力がなかったからである。

銀二が、

「もう帰らない？」

と川岸から言った。

「銀ちゃんは大きくなったら何になるの」

幸太郎が大きな声で言った。

「ぼく」

銀二が顔を指差し、

「そんなことわからないよ」

と言った。

「そうか、もう遅くなるから帰ろうか、銀ちゃんはお手伝いがあるだろう」

「僕だってあるよ」

「そうだな、僕もだ」

三人が土手の上に立つといくつかの星が輝き始めた。

敏事が言った。

「お父さんが子どものときは何でも知ることが重要だって言っていた」

「へ～え、道伯先生が、漢字の勉強だけじゃないのか」

「それじゃこれからはだめなんだって、江戸時代は鎖国をしてたでしょう、それで日本はうんと遅れたらしい、西洋には僕らの知らないことがいっぱいあるんだって」

「すごいな、敏ちゃんは、勉強ができてうらやましいよ」

「銀ちゃん家のお父さんだってすごいじゃないか、お父さん家を建てるでしょう」

「うん、頼まれてね」

「見てごらん、だんだん空がにぎやかになってきたよ」

空には無数の星が輝きその下で蛍が乱舞していた。

三人は立ち止まりしばらく星空を見続けた。

「もうじき七夕だね」

「星明りの中に夢追塾の灯りが見え、曲がり角に来ると三人は別れて家路についた。

敏事の家は江戸時代から続く漢方医であり、父・道伯は村人にとっていつでも診てくれる重宝な医師であった。門柱がわりの赤松の下を通ると、正面に母屋、右に白い土蔵、左に夢追塾があった。

江戸時代の教育機関には、藩校、寺子屋、昌平黌、私塾などがあり、私塾は幕府や藩が設けた教育機関とはことなり、地方の知識人が自発的に設けたもので様々な形があった。吉田松陰の松下村塾、大塩平八郎が開いた洗心洞塾は有名である。このような教育機関で武士、商人のみならず農民も学ぼうとした。

小学校令が出ると私塾は姿を消していったが、道伯の塾のように漢学を中心とした教育や蘭学、医学、兵学などの独自性を持った塾は規模を縮小しながらも続いていた。夢追塾では近隣に住む子どもたちを貴賤貧富にかかわらず入塾させた。

二〇畳ほどの広さの夢追塾に子どもたちが姿勢をただし座っている。正面に道伯が座り、掲げた細長い半紙の上には「学んで思わざれば即ちくらし。思うて学ばざれば即ちあやうし」と墨書されている。

道伯が清涼な声で読み上げると子どもたちは続けて声を出す。夢追塾の壁を揺るがすような大きな声である。二〇人ほどの子どもたちは日頃から家事や野良仕事の手伝いをしているため真っ黒に日焼けしていた。

「太平、この意味を言ってみなさい」

先ほどからぼうっと外を見ていた太平は、ハッとして我に返り左右を見まわすと困った顔をした。

「えーと、えー」

　太平が頭をかくと皆が一斉に笑った。

「ほら見なさい、ぼんやりしているから答えられんのだ」

　道伯は太平を叱りつけたが、その目はあたたかく愛情に満ちていた。叱責ではなく諭すような口調だ。道伯は長く伸ばした白髪まじりの髭に手をやった。

「子どもたちよ、鎖国が終わりこの国は新しい時代を迎え大きく変わろうとしている。今福にいると外の様子がわからないが、日清戦争が終わり日本もこれから世界の仲間入りだ。だけどよく聞きなさい、戦争はけして褒められるものではない。条約により台湾などを得たが、この戦争で多くの尊い命が失われた。戦場で亡くなった兵はなんと約一万二千名だという。戦闘で死んだ者も多いが、マラリヤ、肺病、コレラなどの病気で死んだ者も多い。私は君たちに夢を託したい、それは人のためになる人になってもらいたいということだ。どんな仕事でもかまわない、人を助けるということは素晴らしいことだ。私のような医者でもいい。太平、寝てる場合ではないぞ。皆わかったな」

　道伯の力強い言葉に子どもたちは一斉に「はい」と返事をした。その目はらんらんと輝いていた。

この頃から敏事、光太郎の胸の中に医師への夢が育まれていったのである。

島原半島の歴史の中で、江戸時代初期の一六三七年に、厳しい年貢のとりたてに苦しむ農民が天草四郎時貞を首領として蜂起し、幕府軍と戦った島原の乱はあまりに有名である。

その後の江戸幕府のキリスト教禁教令は厳しく、島原の乱後、隠れキリシタンとして多くの人々が圧政下を生き延びた。その禁教令が解けたのは一八七三年（明治六年）のことである。

敏事の母・葵は、代々隠れキリシタンの家系で育った敬虔なクリスチャンであり、末永家は代々医者の家系で道伯の名を継承し藩公より賞典を受けた家柄である。父・道伯は漢学を教えはするが蘭学にも造詣が深かった。道伯は長崎にいくたびか出て世界の趨勢を知悉していた。

母のキリスト者としての寛容と道伯の自由主義的発想の下、敏事は父母の寵愛を受け今福で少年時代を送った。家にはヤギ、鶏、ウサギ、池には鯉を始めとする川魚がいた。ヤギは乳を絞り、鶏の卵、魚は食用にした。

敏事は朝起きると「義を見て為（せ）ざるは、勇なきなり」と大声で唱え、有間川の土手で草を刈り「義を見て為（せ）ざるは、勇なきなり」と唱え帰路に着いた。

「姉ちゃん帰ったよ」

五つ上の姉・康子は敏事の帰宅を知り、

「ヤギと鶏に餌をやったら塾の掃除をしておくれ」

と声をかけた。

「それも僕がやるの」

「そうよ、明日兵隊さんたちの慰労会があるんだって、お母さんが言っていたよ」

姉の康子は母と夕餉《ゆうげ》の手伝いをしながら言った。

道伯は日清戦争後、帰還した兵士たちを夢追塾に集めては年数回の慰労会を行っていた。

その中には傷ついた道伯の教え子も混じっていた。

第一章

初恋

末永道伯は敏事を西洋医学の専門家に育てようと考えていたが、島原半島から外に出たことのない敏事をいきなり東京に出すには不安があり、まずは第五高等学校から独立した長崎医学専門学校に近い長崎中学校を選んだ。

長崎に出た敏事は父の門下生である神山宗達《そうたつ》の家に世話になる。敏事の待遇は下宿人というより書生に近く、神山の家に下宿しながら雑務をこなし勉学に励む。

一四歳の敏事が長崎中学に入学したのは一九〇一年（明治三四年）のことである。道伯のもとで学んだもう一人の英俊木村幸太郎は、道伯、宗達の計らいで台湾に渡り働き口を探し台北中学に入った。宗達は貿易業を営み、頻繁に台湾や朝鮮半島に行き来していた。

当時は東京帝国大学などの官立の学校の医学卒業証明書を取得すれば無試験で医師免状を取得できた。それ以外の医学校では受験しないと医師になれなかった。長崎医学専門学校は官立である。

＊

坊主頭で腰に手ぬぐいをぶら下げ早朝から庭掃除、床の雑巾がけとこまめに働いているのが、敏事の先輩にあたる長崎医学専門学校生の野々山新吉である。居間から廊下越しに見える築山の清掃も書生の仕事であり、年に数回植木職人が入るが日々の管理は書生にまかされていた。四月、対馬海流の影響を受け長崎の空気は、朝は心地よく、昼は暑さが増した。

十畳ほどの居間に置かれたテーブルで、宗達、野々山、敏事がともに食事をとっている。宗達は道伯の門下生だけに自宅に居住する書生を分け隔てなく扱っていた。朝食の時間は、野々山、敏事にとって世界情勢や商について学ぶ貴重な時間であった。

「どうかね野々山君、医専の方は」

「私は結核病に興味をもっています。結核はご存知のように不治の病で今のところ治療方法は見つかっていません。ドイツのロベルト・コッホが結核菌を発見しましたが治療にはいたっていません」

敏事は結核の言葉に敏感に反応した。もちろん中学生の敏事には医学的なことはわからなかった。

「現在の治療法は患者に滋養《じょう》のあるものを食べさせ、空気のきれいなところで療養するしかありません」

宗達はあごひげに手をやり野々山を見ると「それは治療でなくて自然治癒を待つと

いうことだね」と言った。

「結核の蔓延《まんえん》は明らかに空気感染だと私は思っています。日清戦争のときに多くの将兵が戦闘で傷つきましたが、それ以上に結核や他の感染病で命を落とした兵が多かったことはあまり知られていません。将兵の病は結核、脚気に代表されますが、戦闘が長引くと塹壕から出られずビタミンＢ１が不足し、心不全、抹消神経障害を起こします。歯の養生ができませんから歯が蝕まれ、食事がとれなくなり栄養失調に陥ることもあります」

敏事は一言ももらすまいと耳をそばだてた。

「昔は労咳《ろうがい》と呼ばれた江戸時代からの難病だ。野々山君どうにかならないものかね」

宗達は外国との貿易の中で西欧人や華人が肺の病で倒れるのを幾度となく見てきた。それだけにこの病の難しさを痛感していたのだ。

「野々山さん、結核研究の先進国はどこでしょうか」

敏事が訊いた。

「それは国内ではなんといっても東京帝大、あそこには日本中から研究者が集まって来る」

「いえそうではないんです、世界の中でということです」

「世界で？」

野々山はけげんな顔をした。

この時代、先進的な医療や文化といえば文明開化に湧く東京であった。野々村は九州出身、敏事も島原半島で東京へ行ったことがない。その田舎者の敏事が世界を視野に入れていることに野々山は驚いた。

宗達は食事を終え、茶を口にすると「敏事君は外国に興味があるのかね」と訊いた。

「ええ、僕の故郷今福に有馬川という川があります。川の水は島原湾に流れ、東シナ海を経て太平洋へと続きます。その先に未知の国があると思うと僕はわくわくし、子どもの頃から憧れていました」

敏事は顔を赤らめながら言った。

「世界に目を向けることはいいことだ。先進諸国は医療、経済、軍事、生活文化どれをとっても高い水準にある。日清戦争に勝ったからといっておごり高ぶってはいけない。日本に追い風が吹いただけなのだよ。戦争の悲惨さは道伯先生がいつもお話しておられた。父君は君の進路先として長崎医専を考えているようだが、君が外国に学ぶのもけして悪い話ではない。長崎医専は、江戸幕府が開設した西洋医学講習所を元にオランダ系医学からドイツ系医学に転換し今に至っている。今年から県立長崎医学専門学校には医学科と薬学科が設けられた。もちろん専門学校令による最高教育機関だ。しかしだね、医学はドイツだと思っているかも知れないが、今、ヨーロッパやアジアから大量の移民が渡り発展をしているアメリカも選択肢の一つだよ。優秀な医師や研究機関がアメリカに集まっている。それにアメリカは自由の国でなんでもできるそうだ」

宗達が世界情勢について話すのは貿易商としての最低限の見識だったが、敏事にとっては異国のアメリカが妙に心に焼きついた。

敏事と野々山は食事が終わると台所に行き桶の水で食器を洗った。宗達の家で使用している和食器は内田皿山焼、高浜焼に代表される天草陶磁器が多く、見ているだけでも楽しかった。

食器洗いが終わり部屋に戻り通学の準備をしていると、「敏事君、そろそろでかけるよ」と玄関先で野々山の声がした。

敏事は風呂敷に包んだ書籍を手に下駄を履いた。玄関を出ると薫風が肌をなぜ、木々の葉が揺らいで光った。

「野々山さん、一年で最も美しい季節を迎えましたね」

「そうだね、ところで敏事君は、結核に興味があるようだね」

敏事は野々山の顔を見た。

「ええ、父が結核の特効薬を作ったら天皇陛下に表彰されるだろうと言っていました。それで…」

「そうか、天皇陛下から表彰ね、君のお父さんは面白いことをいうね」

「それにしても宗達先生は外国のことに詳しいですね。僕はアメリカに興味をもちました」

「先生はなんでも詳しい。そこが先生の書生である利点というわけだ」

「野々山さん、私の村でも戦争から帰って来た兵士が結核で亡くなりました」

野々山は敏事の顔を見た。

「日清戦争か、朝鮮の独立と東洋の平和が謳い文句だったが多くの兵士が死んだ。日本の影響下に朝鮮を置きたいという政府の身勝手と僕は思っている、君はどう思う」

敏事は野々山を見ると、

「僕は難しいことはわかりませんが、父から戦争はどのような理由があっても許されないと聞いています」

と言った。

「そうか、君のお父上は反戦論者だったな。しかし、なぜ君はそんなに結核に興味をもつのかね」

敏事は少し考えると、

「結核が不治の病だからかも知れません」

と応えた。

「不治の病への挑戦か。いい、実にいい」

野々村はそういうと高らかに笑った。


一八六八年に明治政府ができると、政府は藩籍奉還、廃藩置県、地租改正、徴兵令公布、殖産興業と近代化を図っていった。一八七二年（明治五年）には官営富岡製糸工場が設立され、民営製糸工場が次々にできると、資本家は一〇歳から一六歳の幼い少女たちを安い賃金と劣悪な労働条件で働かせた。食事も満足に与えられず、少女たちの多くは集団生活の中で結核に罹患《りかん》した。少女たちは親元に帰されたが、結核に感染した少女たちの末路は悲惨だった。その実情は女工哀史などに見ることができる。

結核蔓延のもう一つの要因は徴兵制度である。女工さんと同じように軍隊では狭い兵舎内で若者が寝食を共にする。兵舎内の菌保有者が咳をすれば拡散する。一九〇〇年（明治三三年）の資料では、除隊になったある部隊では千人の兵の内四一四人が結核に感染していたという記録がある。除隊し故郷に帰っても療養施設があるわけでなく、二次感染を防ぐことすらできなかった。

＊

敏事の学校生活は順調だった。長崎という土地柄もあり学生たちの興味は欧米諸事情や政治、経済など多岐にわたった。中には長崎通詞の家系に育ちオランダ人、イギリス人と流暢な外国語で会話をする学生もいた。

「ドイツの医者コッホが結核菌を発見したのは知っているか」

「知っている」

敏事は長崎中学の級友何人かと知り合いになったが会話をするたびに気後れを感じた。

「正式名はロベルト・コッホ、彼が結核菌を発見したのはもう二〇年も前のことだが、困ったことにはいまだに治療法は見つかっていない」

級友の佐貫定男の生家は代々薩摩藩医であり、彼の言葉からは医師を希望する情熱が伝わってきた。

「そのコッホは一〇年ほど前にベルリンで行われた国際医学界で画期的な薬を発見した…」

福江出身の瀬田武治が口を挟んだ。

「コッホが結核の特効薬としてツベルクリンを発見したことは、多くの患者や医師たちを歓ばせたようだ。そして一九〇一年にわずか二グラムだが日本にも輸入されている。たった二グラムだ。が、残念ながら治療効果は疑問視された、つまり特効薬ではなかったということだ」

「ということは、僕にもまだチャンスがあるということだ」

「佐貫君は特効薬を見つけるほどの野心もっているのか。これは驚いた」

「からかわないでよ、瀬田君」

佐貫が腕を広げおどけて見せた。三人は大声で笑った。

「佐貫君、医学の先進国はやはりドイツですか」

「だろうね。医者になるなら帝大や医専でもいいが、研究者になるならばドイツだと思う。僕は卒業したら長崎医専もそうだがドイツも視野に入れている、そのために今からドイツ語の勉強をしている。やはりドイツだよ、特に一七一〇年に創立されたベルリン医科大学はチャリテと呼ばれ、コッホなど優秀な人材を輩出しているヨーロッパ最大の病院だ」

佐貫は流れるような口調で言った。

敏事にとって二人の知識量と意欲は刺激的であり驚きであった。

夕食を終え自室で本を読んでいると隣室から、「末永君、足尾鉱毒事件って知っている」

と言う野々山の声が聞こえた。

二人は離れにある四畳半ほどの部屋をあてがわれ、襖越しに話をすることができた。

「鉱毒事件ですか」

敏事は首をかしげた。

「そう、栃木県の足尾銅山の鉱毒が地下に染み込んで川に流れ、炭鉱夫や近隣の村人に被害を与えている、というのが足尾銅山の鉱毒事件だよ」

「…」

「末永君、銅を製錬する際に出る鉱毒に住民はやられたらしい…。それで見かねた田中正造議員がキリスト教会の協力を得て鉱毒被害を訴えた。今日の新聞にも書いてあった。読まなかったかい」

鉱毒被害、確かに新聞で見たことがあるが、なぜ野々山は遠い栃木のことに興味を持つのだろうか、敏事は首をかしげた。

「君はお坊ちゃんだね。新聞を読み今世界や日本で何が起きているかを知らないとだめだ。もちろん新聞が伝えていることがすべて真実だとは限らない。しかし地方にいるとやはり新聞が頼りだ。だから宗達先生も新聞を読むことを奨励している」

野々山は先輩として教えているのだが、その言葉はいつになく厳しく聞こえた。

「野々山さん、ありがとう」

敏事はそれしか言えなかった。

いままで野々山が宗達の書斎で新聞を読む姿を何度も見たことがあった。敏事は書斎に入ることを遠慮していたが、むしろ宗達はそうすることを喜んでいた。

宗達不在のときにたびたび顔を出すのがお茶目な一人娘の和歌子だった。和歌子は敏事の一つ下で、来年は長崎金城女学校に入ることが決まっていた。和歌子は年の近い敏事のところに時々顔を見せた。

「敏ちゃんはお医者さんになるんでしょう。和歌子も長崎医専に行きたいけど女はだめだってお父さんが言うのよ」

和歌子は敏事を見つめ言った。愛くるしい目だった。


この時代何人かの女性医師はいたが国家資格を得て医師になったのは、一八八五年の荻野吟子が初めてであった。それ以降日本国内に登録された女医は明治時代末までに二四〇人ときわめて少ない。

長崎医専の学生が書生として家にいれば、和歌子が医者になりたいと思うのは当然である。


「和歌子さんもお医者さんになりたいの」

「そうよ、荻野吟子さんのような立派なお医者さんに。でもお父さんは花嫁修行をしろというの」

「へー、先生にしては保守的だね。君に診られた患者さんは大変だ」

「それどういう意味なの」

和歌子は不満そうに敏事の肩をたたいた。ほのかに香水の香りが鼻腔をくすぐり、肩越しから見える襟元の透けるような白い肌に敏事はビクっとした。妹の佳代と年齢は同じだが、着飾り香をつけた和歌子に佳代にはない色香を感じた。

「夏は家に帰るの」

敏事は和歌子の脇に座った。

「帰るよ。母の調子がよくないんだ」

「ご病気なの」

「父の手紙だとあまりよくないらしい」

「ご心配ね」

「父は僕に心配させまいと細かいことは知らせてこないんだ」

そういうと敏事は大きくため息をついた。

「和歌子さん、僕はね、結核医になろうと思っている。それも世界で通用する医者にね。そうすれば母の病気も治せるし人のお役にも立てる」

「お母さん結核なの」

敏事は前方を見つめると、

「わからないが、たぶん」

と言った。

「和歌子さん知っているかい、結核は昔は労咳といってね、不治の病といわれていた。もちろん今もそうだよ。結核を治せれば多くの人の命を助けられる」

敏事の強い口調に和歌子は驚いたようだった。

「いいな、男の人は。私がお医者さんになるといっても誰も相手にしてくれないの。私は跡取り娘だからお婿さんをもらって一生ここで暮らすのかな。つまらないな。そうだ、お医者さんにならなくても…」

和歌子は敏事を見つめると、

「ふふふ」

と笑い、

「敏《びん》ちゃんのお嫁さんになればいいんだ」

と言った。

敏事は思いがけぬ和歌子の言葉に驚き和歌子の顔を見た。

「冗談かい？」

ふたりは見つめあって笑った。

*

今福の空に入道雲が湧き上がり夢追塾に通じる参道が陽炎に揺れている。母屋も蔵のたたずまいも敏事が長崎中学に入学したときと何も変わっていなかった。敏事が夢追塾の玄関を開けようとすると、鍵がかけられ静まりかえっていた。父は今も青年たちを集めて講義をしているのだろうか、と思った。

敏事の額から汗が流れ落ちた。

「兄ちゃん」

畑にいた妹の佳代が敏事に気付き笑顔で近づいてきた。

「佳代！　元気か」

「元気よ、兄ちゃんは」

「この通りだ、母さんは」

というと、佳代の顔が曇った。

「佳代、どうかしたのか」

「…今、お母さん家にいないのよ」

「いない、どういうことだい」

「お父さんが、お兄ちゃんに話すと心配するからと言って連絡をしなかったのだけれど、お母さん、今天草の天主堂にいるの」

「天主堂？」

「そう、お母さん結核なの。そこで療養してるのよ」

敏事はやはりと思い、結核という言葉にある種の畏怖を感じた。

上がり框《かまち》で靴を脱ぐと、「帰ってきたか」と背中越しに声をかけたのは道伯だった。

「お父さん、ただいま。お母さんの様子はどうですか」

道伯は敏事の顔を見ると居間に入るよう促した。床の間にあるマリア像の微笑みが、母のように思えた。

「佳代、茶を入れておくれ」

「はい、お父様」

佳代は快活に応えることで、父を励ませればと思っていた。

道伯はため息をつき口を開くと、

「お母さんは、天草の大江教会の離れにお世話になっている。大江教会は隠れキリシタンを発見し、カトリック信者に復活させたという由緒ある教会だ。そこにお母さんの知り合いの人がいて面倒を見てもらっている。ここは世間が狭いからね、結核というだけで嫌われてしまう。もちろんここの人たちはよい人ばかりだが、でも迷惑をかけるといけないからね」

と言い、一息ついてお茶を口にした。

翌日はまぶしいほどの陽光が輝いていた。母の容態を聞いた敏事はいても立ってもいられず、島原湾を渡り大江教会を訪ねた。

強い夏の日差しが容赦なく教会の建物に照り付けていた。教会の入り口で母の居場所を聞くと、白い衣装のシスターが中庭に案内した。芝生の中央に立つ大木の下に看護婦に付き添われ椅子に座る母の姿があった。葵は敏事に気付くと微笑んだ。幾分痩せているように見えたが目を潤ませ「びんじ」と言った。その表情は子どもの頃甘えたときの顔そのものだった。

敏事は母の顔を見た。

「敏事、元気でやっているの」

葵の目から涙がこぼれた。

「お母さん、調子はどうなの」

「私、いつ神に召されてもおかしくないのよ、敏事」

「……」

母との思い出が脳裏に走馬灯のように流れた。母のやさしいまなざしはマリア像のように見えた。もう母には会えなくなるかもしれないと思った。胸に込み上げるものがあり、涙が頬から流れ落ちた。

「敏事、涙なんて流さないで。人はね、いつかは神に召されるの。それでいいのよ」

母は遠くを見つめていた。それは母の言う神のいる世界かも知れないと思った。

「そろそろ中に入りましょうか」

看護婦が言うと葵は目を閉じうなずいた。母は敏事に手をさしのべた、冷たかった。子どもの頃、母の手はいつも温かった。

病棟に向かう母は小さく見えた。一度だけ振りかえり建物の中に消えた。

敏事は今生の別れのように感じた。うつむき、教会堂の長い影をたどると屋根から十字架が天に伸び夕日に輝いていた。新しく天主堂ができるという方角を見た。大きな天主堂が幻のように浮かび上がった。敏事は涙をぬぐい深々と頭を下げた。

＊

学校に戻った敏事は、母の身を案じながら悶々とした日々を送った。

「末永君、やはり地方にいてはだめだ、僕は中学を卒業したら東京帝大を目指す。今の国内事情を考えると政治家もいいと思う。弱い国民を助ける義賊のような政治家になりたい」

佐貫は敏事が今福に帰る前は医者になると言っていたので、その豹変振りに驚いた。

佐貫の顔が紅潮している。

「それはちがうぞ、佐貫。確かに義賊は弱い者の味方だが、石川五右衛門、ネズミ小僧など少なくとも盗人《ぬすっと》だ。だが、君が政治家になろうと思うのは間違ってはいない。末永君、君は将来をどう考えている」

瀬田はいつものように持論を展開した。

文明開化に明け暮れる東京が政治文化の中心であることは敏事にもわかっていた。戦死した下級兵士たちの遺族への補償もなく、働き手を失い貧困にあえいでいることも理解している。人々を助けるのが政治家ならそれも悪くはない。しかし敏事の頭の中にあるのは母の病気のことだけだった。

「僕の将来は変わっていない。医者だ」

敏事は昂然《こうぜん》と言った。

「そうか、僕も入学したての頃はそう考えていた。しかし今の社会情勢を考えると政治家も悪くない」

瀬田も将来について思い悩んでいるようだった。

「瀬田さん、医者になるにはやはり東京に行くべきですか」

敏事が訊いた。

「いやそんなことはない、長崎医専で十分だと思う。この周辺の村にも無医村の部落がたくさんある。日本の表舞台に出なくても、貧しい人たちを助けることはできる。それは価値あることだ。それで末永君は何の医者になりたいの」

「僕ですか、結核医です」

「結核ね、不治の病結核、ロベルト・コッホか、するとベルリン医科大学か」

瀬田は真剣な顔つきで言った。

「いずれにしろ日本の医学が遅れていることは確かだ。一人でも多くの学生が海外に出て多くを学び日本に還元する、そのためにはドイツ語、英語の学力が必要だ」

瀬田の話を聞いて敏事の脳裏にドイツ医学のことが刻み込まれた。

幸太郎の手紙
敏事君、お久し振りです。

こちらに来てから半年が経ちました。台湾は南北に細長い島で、だいたい北回帰線を挟んで北が亜熱帯気候、南が熱帯気候といっていいかもしれません。

僕は学校が終わると砂糖工場に出勤し、主に取引先との連絡や出荷伝票などの事務仕事に追われます。道伯先生から東京の実業家・元山篤次郎先生の書生になったらどうかというお話をいただきました。大変うれしいのですが、まずは中学を卒業しなくてはと思っています。東京に行くと思うと僕はわくわくします。東京には高い建物がありミルクホールがあり、そして電車も走っていると新聞に書いてありました。

そうそう敏事君、ここ台湾には日本からたくさんの医師が来ています。時々砂糖工場にも顔を見せることがあり、その方々はみな生き生きとしています。

敏事君、ともに勉学に励みましょう。再会の日を楽しみにしています。

道伯先生によろしくお伝えください。

乱筆乱文にて失礼いたします。

幸太郎

幸太郎の手紙ははずむように生き生きとしていた。文面から幸太郎は台湾の人々から大切にされていることが理解できた。台湾にいる日本医師そして東京という文字が気になった。台湾は風土病が蔓延している地だという。そんな危険な場所で医療活動をする医師たちのたくましい姿が目に浮かんだ。困っている人々を助ける、それこそが医師の使命だと敏事は思った。日清戦争後、世の中は激しく動いている、東京に行き、まずは語学を習得しそれから医師の道を歩む、それが自身の選ぶ道かも知れないと、敏事は思った。しかしそれには資金が必要だ、もし父に切り出したら父はなんというだろうか。母はすでに病に伏している。父の財力にも限りがあるはずだ、そう思うと目の前が暗くなった。

宗達の家から見る空はどこまでも青く透き通っている。

「和歌子ちゃん、ぼく東京に行こうかと思ってる」

「東京?　どうして」

「やはり医者になるには東京の方がいいような気がするんだ」

「そう、ちょうどいいわ、私は女学校卒業したら東京の大学に行くかも知れないの。東京に日本女子大学校ができるのですって」

「すごいな」

「そしたら敏ちゃんと一緒ね」

「そうなれるといいね」


自室に戻ると敏事は、世界で通用する結核医になるにはドイツ語、英語の語学力が必要であり、そのために東京に出て学びたいと父・道伯に手紙をしたためた。十日ほどすると道伯から返事が届いた。

道伯の手紙
　元気で暮らしていることと思う。
　母は以前より容態がよくなり、桜の咲く頃には家に戻れるようだと、担当医が言っておられた。それゆえ母について気に病むことはない。
　敏事の希望について記したい。

敏事が長崎中学に入る頃から、いずれ君は東京に出るだろうと思っていた。それだけの能力と技量があることも私にはわかっている。結核の専門医になるならやはり東京帝大がいいだろうが、それ以上を目指すならドイツなどの医学先進国で学ぶのがいいだろう。いずれ日本人があらゆる分野で世界を牽引する日が来ると私は思っている。語学を勉強するならば、お母さんは東京にある青山学院がいいと言っている。青山学院はプロテスタント・メソジスト派のミッションスクールだが、ここには外国人教師も多く語学の勉強に適している。ここに編入学し勉強することも可能だ。学費は心配しなくてよい、それくらいの蓄えはある。もし君が青山学院を希望するならお母さんは喜ぶはずだ。

体に十分気をつけて生活をするように。それから宗達先生にもよろしくお伝え願いたい。

道伯

第二章

夢を求め東京へ

翌春、敏事は長崎中学を中退して青山学院中等科に編入した。下宿先は今福出身の事業家元山篤次郎の住居のある麻布である。初めての地東京で元山を頼るのが何かと便利であろうという道伯の計らいだった。

敏事が上京する一週間ほど前、幸太郎は台湾を引き揚げ元山の書生に入った。敏事は驚き、幸太郎との間に運命的なものを感じた。

翌日、敏事と幸太郎は元山の家で再会を喜び合った。

「敏ちゃん、再会できて本当にうれしい、こうして会えるとは思ってもいなかった。みな道伯先生のおかげだよ。敏ちゃん、東京には大きな建物もあるし鉄道も走っている、そしてみな生き生きと活動しているんだ」

幸太郎は東京のすばらしさを語りかつてないほど饒舌だった。

「敏ちゃん、元山先生は苦労して事業を起こし、今は生糸の機械や工業製品を外国から輸入する仕事をしているそうです。先生がアメリカ人を家に招いて流暢な英語で話をしているのには驚いた。僕の家は貧しく生活が大変だったから、先生がどうして網子の家から立身出世したのか機会があればお聞きしたいと思っている。ここには書生が僕を含め三人いる。一人は東京帝国大学に通い、もう一人は東京外国語学校に通っている、敏ちゃん、ここにいるといろいろと刺激があって面白いよ。元山先生が後で東京を案内してくれると思うけど、東京はすごいや。食べ物もおいしいし。あ、敏ちゃんごめん、僕ばかりしゃべって」

「いやかまわない、これからも教えてもらいたいな」

「敏ちゃん、元山先生を見て思ったんだが、これからは外国語ができないといけないな」

「イギリス語？」

「そう、英語だ」

敏事はやはり東京に出て来てよかったと思った。

「敏ちゃん、さっき言った書生だが二人とも実に勤勉だ。僕は見習いたいと思っている、そうそう大切なことを君に教えるよ。実は…」

幸太郎は思わせぶりに敏事を見つめた。

「僕は歯医者になると決めた。理由は簡単だ、敏ちゃんが内科なら僕は歯医者さ。いつだか約束したことがあるね」

幸太郎が約束を覚えていたことを思い出し、敏事は微笑んだ。

「僕はほんとうについていている、これもみな道伯先生のおかげだ」

そう言う幸太郎の目は輝いていた。

*

前身の東京英和学校から青山学院と改称されたのは、一八九四年のことである。瀟洒な洋風の建物と緑に囲まれた異国のような校舎は田舎者の敏事を圧倒した。生徒は垢抜けした東京人が多く、服装を見ただけでも敏事は気おくれがした。

教室に入ると吉田という英語教師が、敏事の父は長崎で漢学塾を開いた偉大な学者であると紹介した。敏事の編入が母の知人を通してのことだっただけに吉田は気を遣ったのだろうが、敏事にとっては迷惑だった。席に着くとさっそく英語の授業が始まったが、英国人ウイリアムの話す英語は全く理解できなかった。一日目にして敏事は強い引け目を感じた。

うなだれて歩く敏事に声をかけてきたのは隣の席の室橋である。

「末永君ですよね、室橋といいます、よろしく。ウイリアム先生の英語に少し度肝を抜かれたのではないですか。心配無用です、初めはみなそんなもんですから。ウイリアム先生の英語はなまりが強いのです。言葉は慣れろといいます。イギリスでは子どもたちもみな英語をしゃべっていますよ」

敏事は室橋の顔を見た、言っていることがよくわからなかった。

「子どもが、ですか？」

「そう、イギリスでは子どもが生まれたときから英語をしゃべっています。ははは」

室橋の言っていることはジョークであり、至極当然な話を室橋が真剣な顔をして言うから敏事はまじめにとらえてしまった。室橋の好意に敏事は感謝した。

「室橋さんが変なことをいうから混乱してしまいました。それって当たり前ですよね」

敏事は笑った。とたんに気が楽になった。

「英語なんて何でもないですよ。気楽に行きましょう。僕なんかウイリアム先生がトダイというから誰か死んだのかと思ったら、トデイ、つまり今日の意味でした。末永君よろしく」

室橋は手を差し伸べた。

「僕の家は東京浅草、浅草寺の近くにあります」

「そうですか、この間鉄道馬車に乗って浅草まで行きました。室橋さんは東京人ですか」

「東京人とは面白いことをいいますね。ははは」

室橋はまた笑った。

室橋は手を離すと、長く伸びた髪を手でかきあげ微笑んだ。

「僕は東京のことなら何でも知っています。困ったことがあったら言ってください。僕が今力を入れているのは英語、外交官を目指しています」

「外交官ですか？」

「外交する上で国を代表して対外的な執務をする人のことを外交官といいます。簡単にいうと外国に住んで当該国と自国間の政治や経済の仲介をすることです。僕が英語を勉強するのはアメリカに行ってみたいからです」

「アメリカですか」

そういえば宗達先生も優秀な医師や研究機関がアメリカに集まっている。しかもアメリカは自由の国だと言っていた、と敏事は思い返した。

「開国をせまったペリーの国です。僕は古いヨーロッパの国々よりアメリカの方が自由で魅力的に感じます。広大なアメリカの大地を踏んでみたい。考えただけでわくわくします」

敏事は目を輝かせ将来を語る室橋を羨望のまなざしで見た。

「アメリカは一七七六年に独立した新しい国です。すべての面で可能性に富んでいます。我が日本も将来は世界を背負って立つことになると僕は思っています」

室橋の話は魅力的だった。政府が推進する富国強兵、殖産興業、そして文明開化の中で鉄道、電話、電気、生活文化など、日本はとてつもない速さで近代化が進んでいる。その先にいるのが欧米諸国だと敏事は思った。


室橋と別れ下宿に戻ると、幸太郎が顔を見せ「学校どうだった」と訊いた。

「幸ちゃん、やはり東京に出てきてよかったよ。文明の先端にいるような気がする。学生や町を歩く人たちがみな生き生きとしている」

「でもね、敏ちゃん、近代化をあまり急ぐのもよくないと思うよ」

「どうして？」

敏事は首をかしげた。

「例えば足尾の鉱毒事件、地域住民は鉱山がたれ流した鉱毒で苦しんでいる。人体に害を及ぼすんだ」

敏事は野々山の話を思いだした。

「僕も聞いたことがある。田中正造議員が先頭にたって反対運動をやっているのだろう」

「そうだ、生産効率と利潤の追求を優先し労働者や地域住民をないがしろにした結果がこれだ。殖産興業は悪いことではないが、人の幸せを第一に考えないといけない、それに戦争も良くない。兵隊にとられた人はみな貧しい農家の長男や次男だ。お国のためと言いながら一家の働き手を失い困窮する名誉の戦死もおかしなものだ」

幸太郎は今福の貧農に生まれ、植民地台湾の姿を見てきただけに見識がある。敏事は政治のことはよくわからないが、人の幸せを優先することには賛同できた。

「僕はね、道伯先生から人は平等であるべきだと教わった。しかし台湾に行ったら原住民と日本人の間には大きな隔たりがあった。例えば、入学時の選抜、給料格差、民族蔑視、数えたらきりがない。間違っている。僕が田中正造先生に心酔するのは、先生が鉱毒被害を訴え、苦しんでいる人々を助けようとしているからなんだ。すごい人だと思うよ、昨年は日比谷で天皇陛下に直訴までしたんだ。天皇陛下にだよ」

幸太郎の目が光っていた。

一九〇一年（明治三四年）、田中正造は東京日比谷で明治天皇に足尾鉱毒事件を訴えるべく直訴をした。馬車の前に出た田中は警官に取り押さえられたが、翌日には号外も出され鉱毒事件は広く知れわたった。死を覚悟した田中は妻あてに遺書を書き妻に飛び火しないように離縁状を書いている。この時の政府の対応は狂人が馬車の前でよろめいたとして不問に付している。天皇に直訴しても田中にはお咎めがなかった。この頃はまだ悠長な時代だったのかもしれない。治安維持法ができるのはまだ先のことである。

「幸ちゃんはなんでも知っているんだね」

「僕は今福から台湾に行った。たった一年だったが行ってよかったと思っている。ものの見方がまったく変わった。外国にいると外から日本を見るようになる。同じように東京にいてこそ見えるものもある」

「幸ちゃん、たった一年で…変わったな」

敏事は幸太郎の成長ぶりに感心した。幸太郎に負けないよう自分の道を見つけようと思った。幸太郎の中には父の教えが生きている。今さらながら父・道伯の偉大さを感じた。

「敏ちゃんのお母さんはクリスチャンだったね」

「そうだよ」

「敏ちゃんは」

「僕はちがう。でも父も僕もキリスト教の影響はかなり受けている、今福近辺には隠れキリシタンが多くいたから当然といえば当然だけどね」

「敏ちゃん、僕は最近教会に行っている。いや教会ではないな、教会がないんだからよ」

と言って幸太郎は笑った。

「教会のないキリスト教？」

「そう、内村鑑三先生が始められたのだが、聖書のみをよりどころにする、つまり教会がなくても神への信仰を忘れなければ信仰は十分だというんだ。内村先生のところには多くの信者さんが来ている。お弟子さんの中には志賀直哉先生や有島武郎先生もいる。志賀先生は僕らに内村先生の言葉には真実がこもり真実を捕らえていると言っていた。驚いたことには志賀直哉先生の書生さんは末永薫さんという今福出身の人だよ」

幸太郎は東京に来てわずかだというのになぜこれほどの行動力があるのだろうか。台湾という異国の生活が彼をたくましくさせたのだろうか。東京は不思議なところだ、天皇陛下に直訴する人がいたり、教会のないキリスト教があったり、敏事には理解しがたいことばかりだった。

「敏ちゃん、困ったことがあったら言って。何でもするから」

「ありがとう」

幸太郎は無理には誘わなかったが、敏事は田中正造や内村鑑三のキリスト教が気になった。父・道伯は戦争や差別を嫌い、人々が幸せに暮らせることを常に願っている。父は激動の真っ只中に敏事を投げ入れるため上京を許してくれたにちがいない。見ることだ、体験することだと父は常日頃言っていた。そうすれば必ず道は開ける。

＊

数日後、敏事は幸太郎と東京神田にある東京青年会に行った。現在の東京ＹＭＣＡである。礼拝堂に老若男女が集まり賛美歌が流れ、おごそかな礼拝が行われていた。礼拝が終わり参会者が広間に集まると青山学院の創立に係わったキリスト者である津田仙を座長とする講演が始まろうとしていた。幸太郎が熱く語っていた田中正造が講師である。右脇には鉱毒問題「同情者の会」の垂れ幕が掲げられている。

白髯をたくわえた田中は演台に向かうと、足尾銅山の経営者・古河市兵衛は古河財閥の創始者であり、銅山は江戸時代からの無計画な採掘の結果、鉱毒被害を引き起こした。これは人災であり、多くの村人が苦しんでいると語った。

田中に続き講演したのが内村鑑三である。敏事は初めて見る内村鑑三に大きな魅力を感じた。

内村は聴衆を前に語り始めた。

「いかなる理由があろうとも、戦争は人を殺す大罪悪である。諸君は知っているだろうか、日清戦争では賠償金と台湾を得たが、戦死者は一万三千人余り、そのうち病死は約一万二千人。若い兵士には父母そして子どももいただろう。いかに戦争で国家が利益を得ようと若い兵士の命の代償にはならない。日清戦争は尊い若人の命を奪い家族を離散させ、巨額の金を浪費した。戦争の賠償で金を得たとしても彼らの命は戻ってはこないのだ。しかも国民の負担は増え人々は疲弊し道徳は地に落ちた。日本ばかりではない、東洋全体を危機に陥れたのである」

参会者はうなずき黙していた。今福から東京に出てきた敏事にとって、田中と内村の言葉は衝撃であった。遺骨となって帰ってきた兵士の残された家族は、幸福な生活を送っているのだろうか。内村鑑三の世界観、宗教観から繰り出される世直し論は敏事の狭い世界観を根底から覆すものだった。

「敏ちゃん座長の津田仙先生は知っているよね」

「津田先生？」

敏事は首を振った。

「驚きだな、敏ちゃん。青学の創立者だよ」

「え、僕の学校の？」

敏事は頬が赤くなるのを感じ、恥ずかしく話題を変えた。

「ところで内村先生はどんな人なの」

「先生か」

幸太郎の説明はこうだった。

内村鑑三は一八六一年東京小石川の武士の家系に生まれる。東京外国語学校に入学。同級生には新渡戸稲造、宮部金吾がいる。一八七七年、札幌農学校に入りキリスト教に改宗。一八八四年に渡米しマサチューセッツ州アマースト大学に留学する。帰国後は伝道者の道を選んだ。第一高等中学校などで教鞭をとった。

豊富な知識と経験にもとづく二人の講和は弱者の立場に立ったものであり、立て板に水を流すような弁舌に敏事は驚いた。あの人たちの頭の中はどうなっているのだろうか、とさえ思った。若き敏事にとって東京青年会での田中正造の足尾銅山の公害の訴え、内村鑑三の話は生涯脳裏から離れることはなかった。

数日後、敏事は幸太郎に誘われ東京角筈にある内村鑑三主催の聖書研究会を訪ねた。

木造平屋建の内村の住居には玄関を入ると大広間があり、二〇人ほどの青年たちが集まっていた。

一人の青年が二人に近づいた。

「この会は角筈聖書研究会といいます。今日は参加者が少ないのですが、いつもは二五人ほどの若い方が集まります。空いているところにお座りください」

と言った男は三浦褱と名乗った。

参加者の前に髭を蓄えた男が立った。内村鑑三である。

「皆さん、真の宗教とは何か」

若者たちの前で内村は訊き、青年たちの顔を見ると、右端に座っている長髪の男が手をあげた。

「先生、それはいつも先生がおっしゃるように、信じることではないでしょうか」

内村は男の顔を見ると微笑み、

「そのとおりです。考えることではなく、ただ信じることです、信仰が正しい判断をさせ正しく働かせます。ヨハネによる福音書の中に〈神がお遣《よこ》しになった者を信ずること、それが神の業である〉とあります。まことしかり。信仰とは、父に従順な息子のようなものです」

と説諭した。

敏事は聞き漏らさないようにした。故郷今福近辺には江戸幕府が出した禁教令以来隠れキリシタンが多く、彼らは教会も宣教師も持たず信仰を続けた。先生の言うとおり教会は無くても信仰は可能である、すると立派な天主堂を持った教会も不要なのだろうか、敏事の脳裏に単純な疑問が湧いた。いずれにしろ強い信仰心こそが信仰の要だということは理解できた。長い禁教令下、キリシタンが神を信じ生きのびたのは強い信仰心があったからなのだ。信ずる者は救われる、そう先生はおっしゃっている。はじめて聞いた内村の言葉は敏事の胸に突き刺さった。

敏事が東京に出てからの生活は順調だった。苦手の英語も今では友人より進んでいるように思えた。

娯楽のない時代、学生たちはこぞって本や芝居見物に没頭した。その中でも若手の小説家である夏目漱石や森鴎外などは人気があった。学校が休みの日、元山を訪ね新聞に掲載された小説を食い入るように読むのも楽しかった。その年の夏は今福に戻ることなく東京で忙しい日々を送った。暑い夏が過ぎ木々の葉が色づくころ、神山宗達の一人娘和歌子から手紙が届いた。

和歌子の手紙

「敏事お兄さんお元気ですか、お手紙を出そう出そうと思いながら秋になってしまいました。私は字が下手なので敏事お兄さんに軽蔑されるのではないかと思いなかなか出せませんでした。夏には帰ってらっしゃるかと思っていたのですが、お顔を見られなくてとても残念です。こちらはみな元気ですよ。父は今度東京に海産物の卸業の支店をつくるそうです。私には仕事のことはよくわかりませんが、そうなれば私も東京に行けるのではないかと思っています。そうそう、志賀直哉先生にお会いになられたそうですね。先生のところの書生さんの末永馨さんは今福のご出身で、父もよく知っていますので何かあったらご相談するとよいかと思います。来年私は女学校を卒業します、できたら東京に行きたいと思っています。

和歌子

和歌子の便りはふるさとの香りを満載していた。

望郷の念かも知れない。縁台に座り秋空を見ると和歌子の顔が浮かんだ。そのときふとある疑念が浮かんだ。母はその後どうしただろうか。父は何も言ってこない、妹・佳代も何も言ってこない。そう思うと母のことが気になった。

敏事は内村鑑三が主宰する角筈聖書研究会に一人で行くようになった。

角筈は甲州街道の内藤新宿に沿い、新宿区にかつてあった地名で現在の西新宿、歌舞伎町あたりである。おそらく周辺は田畑で囲まれた農村であったと思われるが、一八八五年に新宿駅が開業すると一気に発展していった。

研究会に何度か足を運ぶうちに三浦襄と懇意になった。物腰の柔らかさクリスチャンとしての節度と信仰心、何をとっても三浦はすばらしく、その品格にほれぼれとした。

三浦の父親は仙台の教会に席を置く牧師であったが、今はハワイで宣教している。

その間家族は東京芝高輪に居を移し富士見町教会の植村正久牧師の世話になっているという。

若者たちが集まる大広間は、簡易な演壇が用意され、信者たちが内村鑑三を待っていた。

内村は時々髭に手をあてながら話しはじめた。

「諸君、戦争が内外にもたらす影響を私は痛感している。日清戦争は巨大な浪費であり得たものはわずかにすぎなかったではないか。大義だった朝鮮の独立も遠のき、多くの若者の命が奪われた。諸君、今ロシアとの関係が悪くなっているが戦争だけは避けなくてはならない。

私は絶対的戦争廃止論者である。戦争は人を殺しすべてを奪う。これは罪悪である。過日、東京青年会のときにも話したが、私が日清戦争を支持したのは愚かだった。戦争行為になんら利益はない」

敏事は内村のいつにもまして熱のこもる話に圧倒された。先生の言うことは真理だ。戦死した家族への補償はなく、ただお国のためというだけで家族はどん底の生活を送っているではないか。今福でも主人を失い貧困にあえぐ家族がいた。得をしたのは誰なのだろうか、黒い商人と呼ばれる武器商人だけなのではないだろうか。国民を不幸にする国家とは何だろうか。兵士の多くはコレラや脚気で戦場の泥のなかで死んだという。先生の言うことは間違っていない。貧しい者たちはいつの時代も報われない、と敏事は思った。


「三浦君は仙台出身でしたよね」

「ええ、独眼竜正宗で知られている仙台藩のお膝元です。君はクリスチャンですか」

「そうではありませんが、僕は隠れキリシタンで有名な島原半島今福の医者の息子です。小さいときから父の開いている塾で漢学を学びました」

「東京にはなぜ?」

「語学の勉強のために上京しました」

「そうですか、僕は牧師の子ですが牧師になるかどうかはわかりません。知っての通り牧師の手当ては少ないですから、お金を稼ぎ父と兄を支援しようと考えています」

「お兄さんも牧師さん?」

「そうです、僕は明治学院の学生ですが、それも父の縁です」

「もちろんクリスチャンですね」

「幼児洗礼です」

「信仰者のバプテスマ」

「よく知っていますね」

「ええ、母がクリスチャンで僕も幼少時から教会に連れていかれました。漢学と教会、面白い取り合わせだとよく言われます」

三浦は笑いながら敏事の顔をまじまじと見ると、「隠れクリスチャンですか。大変な時代でしたね」と言った。

「そうですね。話は変わりますが、内村先生はいつもあのように熱く語るのですか」

「キリスト者の立場から非戦論を唱えています。先生は萬朝報という新聞社に勤めています。そこには幸徳秋水先生や堺利彦先生がいらっしゃいます。足尾銅山の鉱毒問題も先生が新聞にお書きになりました」

三浦の話は敏事の知らないことばかりだった。三浦は東京に来て一年ほどだというが、知識量は敏事よりはるかにまさっていた。それがかえって敏事の知識欲に火をつけた。


冬が終わりを告げ桜の花が散り始めた頃、父・道伯から電報が届いた。

「ハハ　キトク　スグ　カエレ」

敏事はキトクの文字にくぎ付けなり頭が真っ白になった。母の容態は良くなったと以前の父の手紙にはあった、心配をかけまいとそう書いたのか、キトクいう三文字に敏事は震えた。

敏事は元山篤次郎の家に駆けつけ、庭で掃除をしている幸太郎を見つけると「幸ちゃん、父から電報が来た」と言って電報を見せた。

幸太郎は電報を手にすると、「すぐに帰った方がいい、今先生は書斎にいるから話してくる」と言い、数分後、幸太郎は元山篤次郎を連れてきた。

「敏事君、話は聞きました。学校のことは気にせずすぐに今福に帰りなさい。お父さんへは私からも手紙を書いておくから何も心配せずに帰るといい」

そう言うと、篤次郎は敏事にお見舞いと書かれた封を渡した。

「先生、ありがとうございます」

「敏ちゃん。すぐに荷物をまとめて、僕が駅まで送って行くから」

敏事は元山に礼を述べると自室に戻り、帰郷の準備をしながら病床に付す母の顔を思い浮かべた。母の柔らかな感触、やさしく「敏事」と呼ぶ母の声、こらえようとしたが涙が頬を流れた。

＊

夢追塾裏の杉の木が風に揺れ季節外れの音をたてた。

玄関を開けると上がり框に幾つもの履物が雑然と置かれてあった。敏事は言い知れぬ胸騒ぎと鼓動の高鳴りを感じた。

「敏ちゃん！」

玄関戸の音に気づき声をかけたのは叔母の良枝だった。

「お母さんに声をかけて」

良枝は涙ぐみ目頭を押さえた。

奥座敷に寝かされた母・葵の枕元に道伯がすわり、敏事を見ると、

「葵は…」

と蚊の泣くような声で言った。

敏事は母の顔にかけられた白い布にくぎ付けになった。

「母さん…」

枕元にガクッと膝を落とすと母にすがった。道伯が白布をとった。母の顔を見た。

すでに血の気のなくなった顔は青白く透けて見え、微笑んでいるかのように見えた。長い間母の顔を見ていた。すると母の声が聞こえた。

「敏事かい、ごめんね、何もしてあげることができなかったね」

目を閉じ語る母の顔はマリア様に似ていた。室内は静まり声を出す者はいなかった。

「母さん、そんなことないよ、母さん」

葵を囲んだ人々は敏事の姿に涙した。

「母さん、ごめん」

敏事は手をさしのべ母の頬にふれた。頬ずりをしてくれた白い肌の、あのあたたかな感触はなかった。

「母さん、僕こそ何もできなかった」

敏事が嗚咽すると周囲も涙した。


母・葵の遺体は家族、親族に運ばれ島原湾を見渡せる裏山にある先祖代々の墓地に埋葬された。

黒い土が盛り上げられ新しい墓標が立った。敏事は墓前にひざまずき手を合わせると、世界的な結核の権威になることを母に約束をした。

　敏事は帰郷中に洗礼を受けクリスチャンとなり、東京に帰ると一心不乱に勉学にいそしんだ。結核医になるためには英語、ドイツ語が必要である、できればコッホのもとで学ぶことが結核の権威になる近道だと思った。

　ロシア帝国の南下政策、朝鮮・満州の支配権をめぐり、一九〇四年（明治三七年）二月八日、日本とロシアは戦争の火蓋を切った。日露戦争である。日本メソジスト教会や日本組合教会などが主戦論に傾く中で、萬朝報を退職した内村鑑三は非戦論を唱えた。その年の暮、クリスマスは平和主義者の日であり、主戦論者はこの日を祝う資格がないと非難し、内村は孤立したが角筈聖書研究会は続いていた。そして敏事は内村の非戦論に傾倒していった。

＊

　一九〇五（明治三八）年、日露戦争の戦勝気分に巷は沸いていた。開国以来、日清戦争に勝ち遼東半島、台湾などを獲得し、日露戦争では有色人種の小国日本が白人の大国に勝ったという有史以来前例のない事実がアジア・アフリカの植民地下であえぐ人々を勇気付けた。しかし内村鑑三の憂《うれ》えた戦争の罪過は庶民に深い影を落としていった。

名誉　名誉と　おだて上げ　大事なせがれを　むざむざと　銃の餌食に　誰がしたもとのせがれに　して返せ　トコトットトット

当時うたわれたラッパ節である。

しかしこのような歌が歌えたのだからまだ時代はおおらかだったと言えるが、戦死した兵、そして家族は最大の犠牲者であった。

ああおとうとよ　君を泣く　君死にたもうことなかれ　末に生まれし君なれば　親のなさけはまさりしも　親は刃（やいば）をにぎらせて　人を殺せとおしえしや　人を殺して死ねよとて　二十四までをそだてしや

歌人、与謝野晶子が旅順口包囲軍の激戦の中にいる弟の身を案じて詠った詩であるが、戦争のむなしさをまざまざと感じさせる。

日露戦争の勝利は、列強諸国の日本に対する評価を高め、世界の一等国入りをはたしたが、戦死者八万四千人、戦傷者一四万人、という数をみれば戦争がいかに無益かわかる。

敏事は戦争の恐ろしさを身に染みて感じた。角筈聖書研究会の仲間にも戦死した者が数人いた。昨日まで非戦を論じていた若者がある日を境に姿を見せなくなる現実、それが戦争だった。

しかも日露戦争のロシアとの交渉は、賠償金は成立せず南樺太と朝鮮半島の利権などを得ただけだった。犠牲を強いられた国民は怒り、全国で暴徒化し東京日比谷では焼き討ち事件にまで発展した。

敏事の卒業まではあと一年あった。家計が苦しそうなのは道伯の手紙でうすうす感じていた。父のことを思うと、卒業後故郷に帰り長崎医専に行くのが親孝行だと考えたが、父は反対するに決まっていた。外国で医学を学び結核の権威になれというだろう。それが母の死を無駄にしないことにもつながるとも言うだろう。

当時の制度では東京帝大、長崎医専などの官立の大学で医学を学んだ者は、卒業証書があれば無試験で医師免許を得ることができた。一方、医学校卒業者は試験を受けなければ医師への道は開けなかった。

敏事は東京に残り帝大に行けるだけの学力は十分あったが、母のいない今福で父は帰りを待っている。気丈な父はけして敏事に戻れとは言ってこない。和歌子の話が本当だとすれば、父の近くにいられる長崎医専に行き医師免許をとるのが最善の方法ではないだろうか、と思った。

その夜、敏事は青山学院を卒業後の進路について父・道伯に手紙を書いた。

和歌子は敏事の元を訪れた。

「敏事兄さん、父に相談してみたの。話では道伯先生は奥様がお亡くなりになったあと、だいぶ気落ちしている様子なの」

父は敏事への手紙ではそんなことはおくびにも出さない。字体の乱れもなく理路整然と生活に変わりがないと綴ってあった。

「おじさんが」

「ええ、もし敏事兄さんがよければ東京での面倒をみたいと…」

敏事は和歌子の目を見つめた。瞳は輝き汚れを知らない女性の美しさが漂っていた。

宗達の申し出は敏事にとってうれしかった。支援を受ければ留学はできなくても東京帝大で医学を学ぶことができる。それから海外に雄飛してもけして遅くはないが、父はけして許しはすまいと思った。

「和歌子さん、父は弱音を吐かない人だから本音は言わないと思うけど…。でも父のことがやはり心配だ」

「そう…」

和歌子は言うと悲しそうな顔をして敏事をみつめた。

「せっかく敏事兄さんと東京で御一緒できたのにとても残念だわ」

「僕もだよ」

和歌子は敏事の側によると敏事の手を握った。

「私はあなたに東京にいてほしいの」

敏事は和歌子の目を見つめた。

はじめて触れる異性の手だった。

＊

学校では卒業後の進路が学生の間で話題になっていた。

授業が終わると室橋に訊いた。

「室橋さんはここを卒業したらどうするのですか」

「僕は浅草に住んでいるので君のように郷里の心配をすることはないんだ。ただ家は商売をやっているので帝大に行くことは反対されるかもしれない。昔の人だからね、算盤《そろばん》をはじきまずは番頭さんついて学べというように決まっている。日本は戦争に勝ち海外に出る人も多くなった。三浦さんのように思い切り海外に雄飛できればいいのですが…」

「明治学院の三浦さん?」

「そう、彼はジャワに誘われているらしい。それで君は」

「長崎に帰るかも知れません」

「末永君、僕はやはり外交官になりたい。商売人の跡継ぎじゃどうにもならないよ」

「やはり家を継がないといけないのですか」

室橋は困った顔をして、

「お互いにうまくいかないね」

と言った。

それでも敏事は東京に住む室橋をうらやましいと思った。東京にいれば家業に縛られていようと選択肢が多いことには違いがなかった。

敏事の心は揺れ、目の前の室橋も揺れている。若いということはそういうことなのかも知れない。今できることは東京での生活を充実させることだと思った。

その後も足しげく角筈聖書研究会に通った。

そんなある日、敏事は内村が言った徴兵には従えという言葉が気になった。それはたとえ戦死してもキリストが他人の罪のために十字架にかけられたのと同じだという。しかし命とはそんなに安いものなのだろうか。現世があり、天国がある。しかし肉体が消滅したら何もなくなるのではないだろうか。戦争は国家のエゴイズムである。国家とは人民を幸福にするためにあるのではないだろうか。その国家が人間の真の幸福を求めないで何を求めるというのか、敏事の心は揺れた。

時々三浦も聖書研究会に顔を出した。

「末永君、僕は内村先生の考えがわからないではありません。ただ僕の見た兵士たちは敵味方なく純粋無垢な若者たちです。その人たちが国の大義とはいえ傷つき命を落とす、それは理不尽としか言いようがない。僕は牧師の子ですから先生の言うように、戦争は他人の罪の犠牲として平和主義者が自ら命をささげることによって克服されるというのはわかります、でも戦争が理不尽であることには間違いないのです」

三浦の丸メガネの奥にひそむ瞳は時々輝き、また悲しく曇った。

「三浦さん、僕もクリスチャンですが、医学を目指す者は物の見方、考え方が現実的、しかも唯物的になります。僕は信者の方には申し訳ないですが、戦死した兵士の復活はないと感じるのです。兵隊は敵を殺します。敵というのは人のことです。そのことをどのように正当化しようというのでしょう。神は認めるのでしょうか」

三浦が指でメガネの縁を押し上げた。

「戦争に反対するのはいいと思いますが、戦争に直面したとき徴兵忌避をすれば家族に迷惑がかかります。考えてみれば家族を人質に戦争に行かざるをえない状況とも言えます。世の中の矛盾としか思えません。こんなことを言っては叱られるかもしれませんが、戦争をすると誰かが得をするのではないでしょうか」

「末永さん、難しい質問ですね。誰かとは？」

敏事は三浦を見るとこわごわ、

「例えば武器弾薬をつくる人たちです」

と言った。

「死の商人？」

「……」

敏事は国家の矛盾を感じた。国家のためと言いながら戦死した遺族に補償も満足になく、ただ悲しみの中で暮らさなくてはならない。内村先生の言うこともっともだが、お国のためと言われ徴兵され、それで天国に行けるのだろうか。

敏事の悩みとは関係なく戦争賠償に対する一時の怒りが収まると日本国中が戦勝気分に沸いた。

年が明けると敏事は青山学院を卒業し、今福に帰り長崎医学専門学校への入学手続きを済ませた。

第三章
長崎医学専門学校

故里は、敏事をあたたかく迎えてくれた。母の墓前にひざまずき水仙を献花し手を合せると、敏事は涙が出るのをこらえた。父には弱い自分を見せたくなかった。勉学のためとはいいながら母との残された時間を共に過ごせなかったことに悔いが残った。

「母さん、僕は必ず世界一の結核医になる。母さん天国で見ていてください」

敏事は母の墓前で決意を新たにした。

「母さんと話ができたか」

敏事は頷いた。

父の額には多くの皺があり年輪を感じさせた。

二人は島原湾の方向をじっと見つめた。

「敏事、もどろうか」

父に促されて二人は丘を降りはじめた。春の風に桜吹雪が二人の頭上を舞った。道伯の丸い背は杖を頼りに左右にゆれた。敏事はそっと道伯の腕を支えたが父は何度も躓いた。

「兄さん、敏事兄さん！」

声のする方に目を向けると佳代の姿が見えた。モンペ姿で手を振る笑顔が美しかった。

「お兄さん、元気そう。よかった」

佳代は少し見ないうちにすっかり女らしくなっていた。

「佳代、女性らしくなったね。あのお転婆娘が」

敏事がからかうと佳代は恥らい、道伯は微笑んだ。


家のあちこちに母の面影があった。今にも母が現れそうだった。道伯と敏事は縁側に座り佳代の入れたお茶を手にした。菜の花の香が鼻腔をくすぐり風がやさしく親子を包んだ。

「父さん、茶柱！」

道伯が笑った。

「ほんとうだよ、父さん」

敏事は茶碗の中を指さし「これ、これ」と言った。

道伯は茶碗をのぞくと、

「将来に何かいいことがあるのだろう」

と言い、一口お茶を飲むと、

「こうしてると敏事の子どもの頃を思い出すな。敏事、本当に長崎医専でいいのかね、無理しなくてもいいのだよ。仕送りはどうにかするから」

　と付け加えた。

「父さん、心配かけてごめんなさい。医者になるのに学校は関係ありません、それに長崎医専は官立ですから卒業すれば無試験で医師になることができます。医師への近道といえます」


　長崎医専は一八五七年に江戸幕府が設置した西洋医学講習所に端を発している。その後明治政府により長崎府医学校、長崎医学校と管轄《かんかつ》や名称を変え一九〇一年に県立長崎医学専門学校となる。現在の長崎大学医学部・薬学部の前身である。

　敏事は有馬川の堤防から深紅に沈む太陽を見ていた。子どもの頃、幸太郎や銀二と見たのと同じ太陽である。今にも銀二が大きな魚をぶら下げ得意げに敏事を呼ぶような気がした。三人で座り夕焼けを見た場所に座った。敏事は懐かしさで胸がいっぱいになった。もうここに誰も戻ることはないのではないか。幸太郎は力強く生きている。銀二はどうしただろうか。銀二のことだから頑張っているに違いないと思った。

敏事は佳代が言ったことが気になった。

「お父さん時々咳をするの。とても苦しそうなときもあるの、一度お医者さんに診てもらったらと言っているんだけど、お父さん聞かないの、自分が医者だからよく知っているって言うのよ」

「咳だって?」

佳代が言うように確かに父は時々咳をした。春特有の気候のせいかとも思ったが、ふと結核という文字が頭をよぎった。自宅で療養していた母から移った可能性は十分にある、と思った。

結核の初期の症状は、咳・痰、発熱などで風邪とよく似ている。さらに咳が続き体重減少や全身倦怠感が現れる。それが長く続くようだと結核の心配をしたほうがいい。

敏事は佳代に父の症状を逐一知らせるように言い渡すと長崎に向かった。

＊

長崎医専の校門には真新しい学生服に身を包んだ医学生たちが緊張した面持ちで教

室に向かっていた。医学の道への第一歩だけに敏事は緊張した。ここでの勉強次第で将来が決まると言っても過言ではない。寄宿舎から校門を抜け中庭に出ると医専の象徴でもある楠が緑なしていた。

「長崎中健児ここに在り、我ら長崎中健児なり！」

大声をはり上げ闊歩する二人の学生が敏事の目に映った。

学生服はかなり着古したと見え、あちこちにつぎがあてられ腰には手ぬぐいをぶら下げている。どう見ても留年した怠惰な学生だろうと思ったが、その声に聞き覚えがあった。敏事は関わりたくないと思った。

「おい、そこに行くのは末永君じゃないか」

敏事はドキッとした。

かなり酩酊し酒瓶をぶら下げ闊歩している二人の学生は長崎中学の同級生佐貫と瀬田だった。が、着古した学生服、豪放磊落《ごうほうらいらく》な仕草はどうみても医専の主のようであった。

「お、末永、君も医専か、東京帝大でなく医専か」

瀬田が乱暴な言い方で言った。

「あそこに座ろう」

佐貫が指さした先にあるのは、医専の象徴である楠だった。

「君が同窓でよかったよ。東京の学校に行ったのでてっきり東京帝大に行ったと思っていた。末永はやはり結核医か」

敏事はうなずいたが、二人の顔を見て入学早々学内で酒を飲むとはずいぶんと剛毅《ごうき》な連中だと思った。しかも蛮からな服装はどう見ても新入生には見えなかった。

「末永、僕は外科を目指そうと思っている。日露戦争では多くの兵士が傷ついた。戦場には衛生兵といって軍が教育した兵士がいるが、それは戦場での応急処置的なもので治療とは別だ。日本はロシアに勝ち世界の一等国の仲間入りをしたが、長い鎖国の歴史は西欧諸国と比べると後れをとっている。医専で医術を学び、それから軍医になることを考えている」

「瀬田君は軍医か。傷ついた兵士を見ることも必要だが僕は戦争には反対だ」

敏事の強い言葉に二人は少し驚いたようだった。

「しかし国を守る軍隊がいなくてどうする」

「それはそうだが、日清戦争、日露戦争のときも思ったが、なぜ戦争をやるんだ」

「国にもいろいろ事情があるのだろうな」

敏事は内村の言葉を思い出していた。

〈一人のキリスト教平和主義者の戦場での死は、不信仰者の死よりもはるかに価値のある犠牲である。神は必ず受け入れる。キリストが他人の罪のために死の十字架につかれたことと同じ原理なのだよ。神は天においてあなたを守っている〉

巷が戦勝気分で沸いている最中、内村先生は戦争に反対していた。大きな歴史の動きに抗うことはできないが、やはり人の死が付きまとう戦争は悪だ。戦争に直面したとき反対の声を上げられないのは、しがらみの中でそうせざるを得ないからだ。瀬田が言うように軍医となり傷病兵を助けるのも一つの方法だとも思える、しかし軍隊に入ること自体戦争に加担することではないか。

「すると瀬田は、森鴎外先生のように医専卒業後は陸軍軍医となり派遣留学生としてドイツで学ぶのか？」

佐貫が訊いた。

「僕はそんな大それたことは考えていない。軍医として一人でも多くの兵を助けたいだけだ」

「ところで佐貫は？」

「僕か、まだ学校に入ったばかりだしな。なるとしたら内科医として無医村で人のために尽くしたいな」

とのんびりした口調で言った。

「しかし鴎外先生はすごい人だ、小説も詩もお書きになる」

「あの人は特別だよ」

「二人は、『舞姫』はお読みになりましたか」

瀬田の質問に二人は頭を振った。

「これは鴎外先生が書いた悲恋物語なのですが、流麗な文語体で書かれたすばらしい作品です。ところで末永君、恋愛の経験は？」

その言葉に敏事は顔を赤らめた。

「いえ、まだ…。ただ君たちが将来のことをきちんと考えているのには驚いたよ」

「ところで末永君は将来をどう考えている？」

敏事は少し考えると、

「僕はできれば結核専門医になろうと思っています。母を結核で亡くし、その思いはさらに高まりました」

と言った。

「お母さんを結核で亡くしたのか、それはご愁傷さまです。実は僕も迷っている。国を動かす政治家も魅力がある、しかし農村地帯に行くと医者に縁のない貧しい人たちも多く、役立ちたいという思いもある、いずれにしろここでの時間は始まったばかりだ。ゆっくり考えたい。末永の言うように結核患者は実に多い。農村部の粗末な食事と住環境、衛生観念、これをどうにかしないと病気は無くならない。それにしても末永はどうしてそんなに戦争を忌み嫌うのだい」

「……」

二人は敏事を見つめた。

「たぶん僕が東京にいたからだと思う。東京はすごい速さで動いている。情報もここと桁違いに多い。知っていますか、内村鑑三先生。僕は先生のところに出入りし、そこで戦争から得るものは何一つないと教わりました、たぶんその影響です」

もちろん敏事の反戦思想は内村鑑三の影響だけではなく父・道伯の影響も大きかった。地方にいてはわからない世界情勢に関して二人との乖離《かいり》を感じた。聖書研究会の熱気、内村先生の言葉、田中正造の熱い語り、その臨場感は現場にいたものでないとわからない、と敏事は思った。

「末永は内村先生のところにいたのか。それはすごいな」

「両君もご存じだと思いますが、兵士の死は戦闘だけでなく結核、脚気、腸チフス、栄養失調などもあります。兵舎という狭い空間にいれば一人が結核に感染すると他の兵も感染し、塹壕で長い時間敵と対峙すると、歯を磨くこともできないので歯が抜け落ち食事ができなくなり栄養失調につながる。靴を脱ぐことも足を洗うこともできない兵士は、水虫に苦しめられひどい場合は骨まで侵蝕されます。戦場というきわめて不衛生な環境下に置かれた兵士をどうにかしたい。それが僕の軍医志望の大きな理由ですよ」

瀬田は兵士の置かれた状況をよく理解しているようだった。

敏事、佐貫、瀬田は草の上で横になり目をつぶった。

三人の頭上に真っ青な空が広がっていた。

「なんにしろ、一緒に医専に入ったのだから互いに頑張ろう。進路のことはそれからだ」

そういう瀬田は酒瓶を枕にして寝息をかいた。

医専に入り半年が経過したころ和歌子から手紙が届いた。それには和歌子の父・神山宗達が、敏事が東京に残らず残念がっていたこと、困ったことがあったら相談にのること、末尾には和歌子が長崎に戻りたいと書いてあった。

敏事は東京に未練がないわけではなかったが、父を思えば長崎医専入ったことは良かったと思った。そして和歌子の心遣いに心が躍った。

それから数カ月が経過した。なぜか和歌子の笑顔が忘れられなかった。ふと敏事はこれが、瀬田が言った初恋なのだろうかと思った。

敏事は島崎藤村の詩を思い出した。

まだあげ初めし前髪の
林檎のもとに見えしとき
前にさしたる花櫛の
花ある君と思いけり

*

医専の学校生活は順調だった。心配ごとといえば父・道伯のことである。敏事は学校での成果を道伯に報告しようと今福に戻った。

家に帰ると、父・道伯は暗い奥座敷に寝ていた。敏事の顔を見ると「どうかね、学校は」と言い起き上がり、小さな咳を何回かした。張りのない声は威厳のあった父とは思えなかった。

「お父さん、元気そうでよかった」

とりあえずあたりさわりのないことを言ったが、道伯の顔色を見れば健康体でないことはわかった、それだけに胸が痛んだ。

「級友もできましたし、医学の面白さもわかってきました。来年には専科に進み本格的に医学を学びます」

「そうか、それはよかった。わしもいつまで生きられるかわからんがお前のためにできることはするつもりだ。佳代もいるし良枝も時々見舞ってくれるので家の方は心配ない。お前は精いっぱい頑張るがいい」

話している間にも道伯は咳きこみ、座っているのが辛そうだった。

「お父さん無理しないで休んでください」

道伯は力なくうなずくと横になった。

母がこの世を去り、父は病に臥している。父はやることをやった。父についてきた母も幸せな人生だったにちがいない。人の世は儚《はかな》いが人のために生きること、戦争を憎むことを父が教えてくれた。父の教え子たちは夢追塾から巣立ち各分野で活躍している。人はいつか終焉《しゅうえん》をむかえる。そのとき納得できる生き方をしたと思えることと。それが父母の期待に報いることであると敏事は思った。

「お父さん、佳代は最近お母さんに似てきましたね」

道伯は目を細めると「うるさくてね」と力なく笑った。

佳代は微笑んだ。

「お兄さん、いつまでいられるの」

「年明けには帰ろうと思っている」

「銀ちゃんが帰ってるわ」

「銀二か、会いたいな」

「兄さん、幸太郎さんは」

「幸太郎は東京に残ってる。元山先生と年始回りだそうだ」

その日の夜、銀二が訪ねてきた。

銀二の家は貧しかった。が、彼の能力をいち早く見抜いたのは道伯であり、高等小学校の頃から漢学や英語を徹底的に学ばせた。敏事が長崎に出た二年後、銀二は長崎医学専門学校の予備校とされた「行余学舎」に入り医者を目指したが、実家からの仕送りが絶え学業をあきらめ今福に戻った。その銀二に道伯ははなむけの言葉を送った。

〈一心をもって万友に交わるべく、二心をもって一友に交わるべからず〉

人を大切にし、誰にでも誠実に向き合い、邪心に迷い人を裏切るなと教えたのである。

道伯は銀二が「行余学舎」をやめても背を押し続けた。神山宗達の紹介で銀二は長崎で鉄鋼所を営む大原忠吉の経営する鉄工所に入った。

鳥打帽、ネクタイ、ニッカボッカを身に着けた銀二の姿に敏事は笑った。

銀二は帽子をとると、

「やあ、敏ちゃん、何年ぶりだろうか。元気のようでなによりだ」と大人びた言い方をして敏事を驚かせた。

そこには敏事や幸太郎の後を追ってきた、幼い頃の銀二の姿はなく、社会の荒波にもまれた姿があった。「行余学舎」に入り順調なら敏事と同じように医師を目指したに違いないが、環境がそれを許さなかった。しかし銀二の姿を見る限り卑屈感も劣等感のかけらもなかった。

「敏ちゃん、ごめんね。おばさんの葬儀に出ることもできなかった。本当にごめん」

銀二は頭を下げたが、母が亡くなったとき彼は人生の岐路に立たされていた。夢追塾に学び母の世話になったことを考えると、銀二は最期の別れをしたかったに違いない。それが銀二はできなかった。

「そんなこと気にしないでいいよ。ところで仕事の方はどうなの」

銀二は畳に座り膝を崩した。

「僕の働いているところは長崎の出島鉄工所というんだ。社長は大原忠吉。この人は伝説的な人物と言われる人で、今では百人以上の従業員を抱えている。敏ちゃん、鉄の需要は今すごいんだ。日露戦争の時、鉄の需要が多くなりそれで会社は大きく成長し、国内では陸蒸気《おかじょうき》もそうだが造船、石炭産業などからの需要が多く、業界は成長している。これは長崎だけじゃない。福岡、佐賀、熊本などでも大きく躍進している。有名なのは官営八幡製鉄所だよ。飛躍的な進歩で業界では産業革命ともいわれている。僕は医者の道を断念したが、大原社長に事業を学び後々は独立したいと考えている」

銀二の目は輝いていた。医学をあきらめたとはいえ、違う分野で活躍し熱く語る姿に敏事は圧倒された。

「銀ちゃん、すごいな。僕は今長崎医専で学び、いずれは医者になるつもりだが、銀ちゃんのような将来に対する思いはもっていない。銀ちゃん、すばらしいよ」

「敏ちゃんは、世界で活躍する医者になりたいって言ってたよね。それはどう」

「まだ医専の学生だからね。いずれはそうなりたい」

「そうだよ、敏ちゃん、大きな夢を持つことが重要だと道伯先生も言っていた」

「義を見て為（せ）ざるは勇なきなり」

「そう、それだよ、敏ちゃん。僕は先生の言葉を大事にしている。だから頑張れるんだ」

敏事は先を見据えている銀二がうらやましく思えた。医専を卒業したら今福に戻り夢追塾を改装して医院を開業することもできる。そうすれば父の介抱もできるし結核や流行《はやり》り病に苦しむ人々を助けることもできる。しかし進んだ結核の医術を身に着けることもなく地方に埋もれてしまう自分を父は喜ぶだろうか。やはり欧米の進んだ技術を身につけなくてはだめだ、父もそれを望んでいるはずだ。

「二人ともずいぶんお堅い話をしているのね。お茶でもどう。銀ちゃん、ゆっくりしていってね」

佳代は木製の丸い盆にのせた湯呑みを卓袱台《ちゃぶだい》に置いた。

「先生のおかげんはどうなの」

銀二の質問に佳代は眉根を寄せると、

「それがね、銀ちゃん、あまりよくないのよ。お母さんが亡くなってからは本当に元気がなくなってしまったの」

と言い、

「お父さん、銀ちゃんが長崎からお見えになっているのよ」

と声をかけたが返答がなかった。

「きっと寝ているのね。銀ちゃん、今日は夕御飯召し上がっていってね」

「ああ、そのつもりで来たんだ。これお土産」

と言って風呂敷を開けた。

「これ西洋のお菓子でカステラっていうんだ、柔らかくておいしいよ」

「銀ちゃん、悪いわね。お兄さんたらお土産ももってこないのよ」

そう言うと、佳代は敏事の方を向いて舌を出した。

電灯に照らされた障子越しに、今福では珍しい雪がちらついていた。

その夜二人は夜更けまで話し合った。

＊

三浦襄からの手紙
末永君、如何がおすごしでしょうか。

冬休みに入り私も仙台の家に戻っております。

父は秋田教会で牧師をしていますので、今年は母と兄と妹の四人で新しい年を迎えようとしています。仙台は、雪がちらつき広瀬川や青葉山が雪化粧しています。一度お出でになりませんか。

今回お手紙を差し上げたのは海外雄飛の件です。日露戦争後、日本では南進熱が高まり台湾やジャワといった方面に日本の商人などがたくさん赴いております。末永君も以前海外に出て仕事がしたいと言っていましたので、状況だけでもと思い手紙をしたためました。

僕のところに来ている話は、ジャワ方面での伝道を兼ねた商売の話です。が、そんなうまい話があるものかと疑っています。

日清戦争後台湾にも多くの日本人が渡っています。台湾は御存じのように瘴癘《しょうれい》の島と呼ばれるほどに伝染病が多く、例をあげるとペスト、腸チフス、コレラ、赤痢、ジフテリアなどが蔓延し、末永君が研究したいという結核もその一つです。台湾総督府は船舶検疫所を設け検疫を開始するようですが、問題は医師の不足です。

まだ海外雄飛のことをお考えでしたら医専卒業後台湾に渡ったら如何でしょうか。おそらく台湾から近い長崎医専の卒業生も行っていると思われます。

余計なことかと思いましたが、ご連絡申し上げた次第です。

私は植村先生に詳しいことをお聞きし伝道と商売を兼ねたジャワ行も考えてみたいと思っています。

一度長崎医専総務課にお尋ねになるのもいいかもしれません。

こちらに比べると今福はずいぶんと暖かいのかと思いますが、お体ご自愛くださ い。

三浦襄拝

日清戦争、日露戦争で台湾、遼東半島、満州などを獲得すると日本人の外地への関心が一気に高まっていった。それに火を点けたのが一九一〇年（明治四三年）に刊行され爆発的なブームをよんだ「南へ　南へ」の文言で始まる竹越興三郎の「南国記」である。

さらに南進熱が高まったのは、日本が第一次大戦で戦勝国となり南方地域の利権を得てからであるが、台湾に多くの日本人が渡航していることや、ジャワにトコジャパンと呼ばれる商人が活躍していることから南洋諸国や台湾、中国大陸にも日本人が多数渡っていることがわかる。

この頃から日本は国策としての南進政策を進め太平洋戦争まで次第に加速度をあげていくが、それ以外の無告の民の渡航は「南方関与」と呼ばれた。

インドネシア在住者の様子を綴ったジャガタラ閑話によると、「日本人の南進の先駆者は、遺憾ながら可憐な娘子軍《じょうしぐん》であって、これに続いた男子は賭博が本業の男たちであった」とある。その背景には農村の貧困があり、長崎港から体を売ることを目的とした若い娘たちが南を目指した。いわゆる、「からゆきさん」とよばれる女性であるが、多くは風土病や結核、マラリアなどで若くして亡くなっている。ジャカルタにある明治初期からの日本人墓地には年齢が刻まれた墓標もあり、涙を誘う。

一九一〇年（明治四三年）五月の福岡日報に、シンガポールの日本人娼館についての記述がある。

「九時頃より有名なマライ街を観る。家は洋館にして、青く塗りたる軒端にⅠ、Ⅱ、Ⅲのローマ数字を現わしたる赤きガス灯をかけ、軒の下には椅子あり、異類異形の姿なる妙齢のわが不幸なる姉妹これに依りて数百人もしれず居並び……」

南進の言葉は聞こえはいいが、多くはこのような無告の民だったのである。


医専の卒業が近づくと学生たちは進路を決めなければならなかった。広場の楠の下に佐貫、瀬田、敏事の三人が集まり談笑をしていた。

「瀬田君はやはり軍医ですか」

瀬田は軍医を目指すにふさわしく日焼けした精悍な顔つきをしていた。

「僕は呉にある海軍工廠の医師になる。工廠は横須賀、佐世保、舞鶴とあるが、おそらく呉が規模的には一番大きいと思う。話ではドイツと肩を並べるほどの施設だと聞いている。主に戦艦や砲塔の製造をするところだ。これから日本が世界と肩を並べるにはやはり軍事力だ。そこで働く人々の健康を守るのが僕に課された仕事だと思っている」

敏事は瀬田の言い分はもっともだと思ったが、軍事力を高めることは戦争の準備ともいえるので心の中にわだかまりを覚えた。

「そうか、瀬田はそこまで考えていたのか、君には頭が下がる思いだよ」

佐貫が言った。

「それで、佐貫君は？」

「僕かまだ明確でないが、故郷に帰ろうと思う」

「君は薩摩だったね」

「そう、元は薩摩藩医だしね。地方には医者が少ないので、できれば故郷に恩返ししたい」

佐貫の選択は瀬田の海軍工廠に比べると地味なものに思えたが、その瞳は輝いていた。幼少から村の医療事情を見てきた彼は、地域に生きることを選ぼうとしている。地味ではあるが重要なことだと敏事は思った。

「ところで末永は進路を決めたのか」

「僕は台湾総督府に行こうと思う」

「台湾か、医専の小松先生が薦めていたね」

小松教諭の専門は医学史だが、学生たちの進路相談も兼ねていた。

「台湾総督府にはすでに医専の先輩も行って活躍している。小松先生が僕に示されたのは総督府付台北大学医院の医師兼研究員だ。しかし先生は植民地台湾の将来を心配していた」

瀬田は首をかしげると

「心配？」

と訊き返した。

「もちろん現地の伝染病や風土病のことは知っている、それだけにやりがいはある。しかし日本人優位の考え方には僕は賛成できない。君たちはどう思う」

「小松先生が言っているのは民族差別のことですか」

「日本統治下にあり、そこの大学・高等機関が台湾総督府の管轄下にある以上仕方がないことではないか」

「そうなんですが、僕は戦争で得た領地で仕事をするのは少し抵抗を感じる」

「末永、それは違う。君が医療に就くのは人のため、人類のためだ。台湾が日本の植民地になったのは歴史の過程での話で、君がそんなことを気にすることはない。行け、末永、台湾に行け、そして君の目指す結核医療をめざせ。動かないと道は開かれない」

たしかに瀬田の言うとおりだった。究極の目的は人を助けること、それが医療従事者の本懐というものだろう、と敏事は思った。

敏事は本音をいえばドイツか米国に行って結核の先進医療を学びたかったが、父には言い出せなかった。台湾総督府からの誘いを受け伝染病や風土病の治療と研究をし、現地の青年たちの指導をするのもけして遠回りではない。必ずやそこから次の目標が見えてくると敏事は思った。そんな矢先、妹の佳代から電報が届いた。

「チチ　キトク　スグカエレ」

敏事は電報を手に震えた、ついに来るべきものがきたと思った。

＊

敏事が今福の実家の玄関をあけたときは、すでに周囲は闇に包まれていた。

佳代は敏事の顔を見るなり大粒の涙を流し、

「お兄ちゃん、だめだった」

と言った。

「……そうか」

道伯は仏間に寝かされ、顔には白い布がかけてあった。敏事は枕元に座ると布を取り道伯の顔を見た。涙が頬に伝わり道伯の額に落ちた。

「お父さん」

敏事の肩が震えていた。

道伯は安らかに眠り今にも目を開け「びんじ」と言いそうだった。

玄関で人の気配がした。佳代が弔問客を仏間に招いた。そこには久下銀二、神山宗達、和歌子そして道伯の門下生が数人いた。敏事と和歌子の目が合った。和歌子の潤んだ目頭から涙がこぼれた。

道伯を囲み弔問客が手を合わせた。

「おじちゃん、なぜ！」

和歌子が道伯にかけた言葉に敏事の胸が痛んだ。

「おじさん、私ね、敏事さんの…」

そのあとは敏事には聞こえなかった。

和歌子は「お嫁さんに…」と言いかけたように思えた。

次から次へと弔問客が訪れ、道伯の顔を長く見ていることはできなかった。道伯亡き後の当主は敏事である。宗達に促され枕元に座ると次々に来る弔問客に頭を下げた。そして村の世話役と敏事は葬儀の打ち合わせをした。弔問客がいなくなるとどっと疲れが出た。

「お兄ちゃん疲れたでしょう。皆さんがお待ちだから居間に行きましょう」

佳代はやさしく声をかけた。

「敏ちゃん、たいへんだったな」

銀二の声が心に響いた。

「ああ、銀ちゃんはどうして」

「僕か、実は数日前から帰郷していた」

「今福へ」

「そう、前にも話したけれど出島鉄工所の大原社長さんが父母を長崎によんだらどうかと言うんだ。父母の年を考えると将来が不安だと思っていた矢先、社長が工員寮を作るという。そこの寮監、寮母にどうだと言ってくれた。僕は父母の年齢のことを考えるとそれが一番いいと思っている」

「そうか、いい話じゃないか」

銀二は昔から親思いだった、その思いが大原社長に通じたのではなかろうか。それに比べ自分はどうだ、親の死に目にも会えなかったじゃないか、と自分をせめた。

「敏ちゃん、道伯先生は立派だったたな。いろいろ教えてくれた。僕らも先生の名を汚さないように生きなくてはいけないいな」

「そうだな」

銀二の励ましの言葉だった。

「敏ちゃん、最近の世の中をどう思っている。戦争には勝ったけど働き手をとられた家は貧しく娘を売る家もあると聞いている」

「ああ、新聞で読んだことがある。シンガポールやバタビアには娘子軍《じょうしぐん》と呼ばれる売春婦がいるらしい。貧しさゆえに売られた娘たちだよ」

「かわいそうだな。異国で言葉もわからず若い娘が体を売る、そんな世の中ではいけないな」

弔問客もかえり家が静かになると外がにわかにざわついた。

「お兄ちゃん、雨よ」

敏事は戸を開けた。大粒の雨が白い糸となり地面をたたきつけていた。

みな無言で雨音を聞いていた。

「銀ちゃん、親父が怒っているよ」

「僕にもそう聞こえる。きっと世の中に怒っているんだ」

口調が有馬川の土手で遊んでいたときと変わらなかった。

敏事には父が信念を貫け、負けるな、必ず道は開ける、と言っているようにも聞こえた。道伯は雨音になり敏事を鼓舞していたのだ。

神山宗達が敏事を手招きした。

「実は、君がいない間に私は何度も先生を訪ねた。そしてこれを君に渡すように頼まれた」

白封筒の上に「敏事へ」と墨書されてあった。

父の遺言
手紙は私の信頼する神山宗達君に託した。
私の病状はけしていいものではなく、おそらく君が長崎医専を卒業するまでもたないと思われる。佳代はすでに嫁ぎ先が決まっており心配することはない。佳代は君に話してないだろうが相手は銀二君だ。銀二の家は大変貧しいが父母は浅学ながら好人物で信頼がおける。それゆえ佳代を銀二君に託した。彼は幼い頃から君らと学び大変優れ英俊と呼んでも過言ではない。銀二は君のように医師を望んだが、私は銀二の経営者としての能力にかけ出島鉄工所の大原忠吉社長に将来を託した。私の思っていた通りだった、今では大原社長の右腕となり働いている。

君に頼みがある。佳代が嫁げばこの家は不要になる。本来ならば親として君の念願が成就するまで支援をしたいところだが今となってはかなわぬ。私が君に残せる財産はこの屋敷と土地だけだ。君が夢をかなえるためならどのように使おうと依存はない。君の結核医への情熱は知っている。君が渡航し外国の医学を学ぶならそれでよし。君の便りにあった台湾総督府医に行くのも一つの選択肢だろう。南洋諸島には伝染病や風土病などが蔓延していることは知っている。しかし敏事考えてみろ、蔓延しているということは医師にとって僥倖《ぎょうこう》なのだ。病原菌と対峙できることを好機と思え、研究材料が豊富だからだ。異国の人々、病に苦しむ人々を助けることは君そのものを大きくする。それが医学先進国へ行くための素地をつくるに違いない。急いではいけない、遠回りすることで多くのものが見えてくる。君の母はキリスト者として天にめされた。その人生は愛に満ちていた、何人とも愛をもって付き合うことだ、肌の色や出自で差別してはいけない。差別や強欲は必ず諍《いさか》いを生む、そのことを肝に銘じて生きなさい。

神山宗達君は君がいない間よく私の面倒を見てくれた。そして時々同行してきた和歌子さんも気遣ってくれた。ぜひ私に代わって御礼を言ってくれ。

君の精進を祈る。

道伯

敏事は封筒を握り外に出た。雨は激しさを増していた。天に顔を向けると容赦なく雨が顔を打ち付けた。雨が涙とともに頬を流れ落ちた。敏事は泥水にひざまずき大声で泣いた。

小雨になると雑木林に霧がかかり人影が浮かび出た。母だった。母が手招きし、そばに父が立っていた。雨が止み、雲が流れ、月が輪郭を見せると草木を照らし、その中に父母は消えた。濡れた草木が敏事を墓へと誘った。丘の上のマリア像が「びんじ、びんじ」と呼んだ。

「びんじ、自由に生きなさい、愛の下で…」

敏事はマリア像の前にひざまずいた。

私は父母に何ができたのだろうか。何ら親孝行らしきものもしていない。自分のわがままを許し全てを大河のように包んでくれた父母、その恩に報いるには…。立ち上がると遠く島原湾が月明かり中に黄色く輝いていた。

　敏事は思わず、

「母さん、父さん」

　と叫んだ。


「お兄ちゃんどこに行っていたの、びしょ濡れよ」

「母さんと月を見ながら話をしていた」

「月を見て話を？」

　佳代は敏事の気持ちを察してか、それ以上言わなかった。

　静かな夜だった。

「先生は立派な人だった」

　神山宗達が口を開いた。

　宗達の側に座る和歌子が敏事を見つめていた。

「敏事君、先生を偲びながら少し飲もうじゃないか」

「そうですね、銀二もいるし」

　佳代が気を利かせ台所にいくと酒瓶をもってきた。

「神山のおじさま、どうぞ」

白い茶碗に酒が注がれトクトクという音が心地よく響いた。

敏事は一気に飲んだ。

「ほう、君は強いんだね」

「今日だけです。僕は普段お酒を飲むことはありませんが、今日は父も許してくれると思います。こうしていると父と一緒にお酒を酌みかわしているような気がします」

「和歌子、おまえもどうだ」

「お父様、いやですわ、殿方の前で。しかも今日はおじさまが亡くなった日だというのに」

「まあ、いいだろう。こうしているほうが先生もお喜びになる。佳代さんも銀二君もこちらに来なさい」

敏事は仏間に行くと、再び道伯の顔にかけられた白い布をとった。道伯は今にも起き出し「びんじ」と呼びそうな気がした。

居間に行くと、酔うほどに饒舌《じょうぜつ》になった宗達が夢追塾の思い出を語り、唐突に「敏事君、どうだ、娘を嫁にもらわんかね」と言った。

敏事の鼓動が早まり、顔が紅潮するのを覚えた。和歌子はと見るとひざに手をあて顔を赤らめていた。

「お父さんたらいやだわ。だって敏事さんはまだ勉学の身よ」

和歌子は恥じらいながら言った。

「そうね、お似合いよ。きっといいご夫婦になるわ」

「佳代まで何をいっているんだい。和歌子さんに御迷惑だよ」

和歌子はうつむいていたがまんざらでもないようだった。

敏事は酒を飲んでも酔いが回らず、ただ宗達の延々とつづく思い出話を聞いていた。

第四章
医師への道

日本の領土となった台湾への航路は一八九六年（明治二九年）大阪商船により結ばれた。それから十六年後、敏事は長崎医学専門学校を卒業すると、台湾総督府からの誘いを受け総督府台北医院の医師になることが決まった。長崎医専の卒業アルバムには坊主頭で凛々しい顔をした敏事が写っている。


一九一二年（大正元年）、大阪港は晴れ渡り快適な航海を予測させた。長崎で和歌子、宗達と別れ、敏事を大阪港まで送りにきたのは幸太郎、銀二、佳代だった。

「敏ちゃん元気にやれ。困ったことがあったら総督府に持田さんという官吏がいるので相談するといい。面倒を見てくれるはずだ」

敏事と幸太郎は互いに手を取り将来を誓いあった。

「兄さんもお体に気をつけてください」

佳代の目は潤んでいた。

「銀二、佳代を頼むぞ」

銀二は大きくうなずき胸をはった。

桟橋を渡り「笠戸丸」の甲板に上がると敏事は三人に手を振った。ドラの音が響き惜別の情が敏事の胸に込み上げてきた。初めての外国航路である。敏事の胸は期待と不安でいっぱいだった。船はゆっくりと、岸壁をはなれしだいに三人の姿が小さくなっていった。敏事は甲板に立つとすべてから解放されたように手を上げ背伸びをした。初めての海外渡航に不安はあるものの期待で胸をふくらませた。紺碧《こんぺき》の空の下に東シナ海が広がっていた。

基隆《きいるん》は西洋列強の東方進出によって発展し、日清戦争の講和で台湾が日本に割譲されると日本と台湾の往来が盛んになり、さらに台湾総督府によって修復された港は台湾有数の貿易港となった。

基隆に上陸した敏事は、長崎医専卒業生二人とともに台北にある台湾総督府医学校に配属された。総督府台北医院の医師となり台湾医学校の講師も務めることに決まった。医学校は就業年限四年、生徒数は七〇名、講師として医師として働く敏事は新しい環境に心が躍った。

台湾総督府は現地で疫病が多いことから医療活動には特段の力を注いでいた。

数日後、敏事の医局に痙攣をともない鼻汁をたらした男が家族に付き添われてやってきた。目はうつろで額から汗を流している。

敏事ははじめて見る症状に目を見張った。男を診るため椅子に座らせようとするが、男はふらつき容易に座ることができなかった。

鴨井守医師と看護婦が患者を簡易ベッドに押さえつけ「なんだと思います」と聞いた。

敏事は男の目に光をあてて診たが、医専で研修生として働いていたときにも見たことのない症状だった。

「何かの禁断症状のように見受けられますが…」

「そうです、アヘン中毒です。アヘンの乱用は精神的身体的に依存性があり常習となります。簡単に言うと慢性中毒症状を起こし倦怠感を感じ、やがて精神錯乱を起こし衰弱し死にいたります」

鴨井は敏事より二年先輩で新潟医専から赴いていた。たった二年の差だが臨床医としての経験の差を見せ付けられた思いだった。

「末永さん、アヘンやってみますか」

「とんでもない」

鴨井の言葉に敏事は驚いた。

「冗談ですよ。私は経験がありませんが、アヘンを吸い込むとなんともいえない恍惚感を味わえるそうです。それが危険です。ここではアヘン常用者には免罪符を与え、それ以外はアヘン使用禁止です。すでに医専での予備知識として当地の疫病などについては学んできたと思いますが、台湾は衛生状態が非常に悪く、幾多の疫病が蔓延していています。それで瘴癘《しょうれい》の地といわれていますが、この地に来た以上覚悟する必要があります。知っていますか、台湾では当地の水を五日間飲むと死ぬとまで言われています。台湾の衛生向上に努めたのが後藤新平で、彼はアヘン問題の解決、港湾、鉄道、道路、下水道などの整備にも貢献しています」

「そうですか。ところでこの男の処置は」

「症状が治まるまで待ちましょう」

そう言うと鴨井は看護婦に処置を依頼し診察室を出ていった。


台湾での生活になれてきたある日、敏事は台湾総督府の一室に官吏の持田茂を訪ねた。

総督府は赤レンガの映える勇壮な建築物で、青い空を背景にして西洋の建物を思わせた。中央塔などの一部はまだ工事中で足場が組んであった。木製の分厚いドアーを開けると館員に持田の部屋に案内された。

持田に幸太郎の幼なじみだと自己紹介すると相好を崩し、

「幸太郎君と同郷ですか」

　と言い手を差し伸べてきた。

「島原半島の、えーと、なんていいましたか」

「今福です」

「そうそう今福、とてもいい所だそうだね。彼はまじめで何しろ頭の回転が早かった。あれほどの逸材はいません、ですから砂糖工場では将来管理職として迎えたいと帰国を留めたほどです。しかし本人はどうしても歯科医になりたい、それが友との約束だというのです。その友というのが末永さん、あなたですね」

「そうだと思います」

「幸太郎君は、昼は台北中学に通い、学校が終わると夜まで砂糖工場で働きました」

　敏事は友を褒められるのが心地良かった。

「持田さん、少しお聞きしたいのですが当地では結核患者をどうしていますか」

「どうとおっしゃいますと」

「ご存知のように結核は今のところ治療の方法がありません。専門の施設としてサナトリウムがありますが、それは生活に余裕のある方々の施設です」

「末永さんは結核に興味があるのですね」

「はい、私は結核の専門医を目指しています」

「そうですか」

持田は敏事を見つめ、

「それなら後日当地のサナトリウムをご案内しましょう」

と言った。

持田官吏との面会は一時間ほどだったが、サナトリウム案内という土産をもらい、敏事は小躍りして総督府を出た。

台湾総督府を出ると赤レンガの上に東洋一と言われる夕日が赤く染まっていた。それは有馬川で見た盥のような形をしていた。

＊

官吏の持田茂と約束した現地の結核医療施設視察は、総督府の許可がおりず一年の歳月が流れていた、そんなある日、鴨井医師が敏事の研究室にやってきた。

「末永さん、今日は持田官吏から言われてきました。台北から北へ行ったところに淡水という村があります。そこにかなり大きな結核患者療養施設があります。淡水は基隆と同じように最北の港として栄え、一七世紀頃にはスペインやオランダとの交易で栄えたところですが、持田官吏の話だと淡水から少し入ったところに長青という村があり、そこに結核患者用のサナトリウムがあるそうです。ここは総督府の許可がないと入れないところですが、すでに持田官吏が手続きをすましてあります。末永君には遅くなって申し訳ないとの伝言がありました」

敏事は現地の結核患者療養施設の視察が現実化したことに心が躍った。総督府が台湾の環境衛生の向上を重視しているのは知っていたが、その中で持田官吏が視察の許可を得るまでに苦労したのは理解できた。

「ぜひ行って見たい。いつ行きますか」

「今度の休みはどうだ」

「持田さんは？」

「話しておく。できれば持田さんの案内があればいいね。彼は詳しいからね」

もともとは敏事が言い出したことであったが、鴨井医師もまんざらではないようだった。

「ただ心配事もある」

「心配事」

「そう、台湾を平定後、各地で現地民や土匪《どひ》の蜂起があった。台北などの日本軍や巡査派出所などが襲われたのは有名な話だ。一〇年も前に鎮圧されたが、現地人の不満が残っていることも確かだ。特に山岳部は危険だ、心していこう」

鴨井の話を聞いて敏事は緊張した。


朝から太陽が輝き台北の空は青かった。

敏事の借家には台湾医学校の生徒が三人寄宿しており、敏事は学生たちの面倒を見ていた。その見返りは現地の言葉を教えてもらうことだった。

敏事は台湾に来て日本人と現地人との間にある有形・無形の差別を感じていた。現地人の通う公学校と日本人の通う学校では設備や人員が大きく違い日本人学校は優遇されていた。また公的機関、日系企業、台北市役所などでは台湾人は一定以上の昇進は望めなかった。そんな中で敏事は三人の寄宿生には平等に接しようと心がけた。

「先生、今日は休みなのにどこに行くのですか」

教え子の一人陳国興《こくこう》はたどたどしい日本語で言った。

陳は三人の中では人見知りが少なく寄宿生の代表的な存在だった。初めて会った時、陳は「僕は菜市場名と言います」と言って自己紹介した。菜市場名とは台湾によくある名前で、市場で名前を呼ぶと沢山の人が振り向くという意味だ。敏事は冗談を交え自己紹介をした陳に好感をもった。

「今日は結核療養施設を見に行くのだよ」

陳は目を輝かせ、

「先生、僕も行きたい」

と懇願した。

「そうか、行くか」

敏事は透き通るような陳の眼差しに負け、同行することにした。

長青の結核患者療養施設は、台北市内から馬車で四、五時間かかる奥深い山林の中にあった。近辺の山中に土匪などが潜んでいるとのうわさもあったが心配することはなかった。それ以上に一行を悩ませたのは悪路である。

木造平屋建て三棟の家屋に約百人の患者が収容されていた。室内に入るとむせるような悪臭が漂い、一行は思わず鼻をふさいだ。外は快晴だというのに窓は閉じられたままで衛生状態が良いとはいえなかった。

担当者が一人つき四人を案内した。

「先生ひどい環境ですね」

陳も鼻をふさいだ。

敏事は陳の顔を見て頷き、なぜか母・葵のことを思い出した。母のいたサナトリウムは愛に包まれた明るい環境だった。

「持田さん、結核は特効薬がなく安静にし、滋養のあるものを食べるしかありません。ここはどうなのでしょう」

敏事の単純な質問に、

「末永さんのおっしゃるとおりです。私は医者ではありませんが、担当医は窓を開けいい空気を吸うよう勧めているそうですが、地域住民から病気が移るから困ると苦情が出ているそうです」

と言った。

「そうですか」

「村人にも正しい知識を与えないといけないですね」

鴨井が言った。

陳は三人の会話を逃すまいと懸命にメモをとっていた。

「向こうの病棟にも行ってみましょう。あすこは私もまだ行ったことがないのですよ」

持田が促した林の奥に三棟の家屋とは別に小屋風の建物が立っていた。草叢を歩いて行くと、トタンで葺いた軒下に木製の扉があった。取手を引くときしんだ音がし、板塀のあちこちに隙間があった。トタン屋根から日差しが漏れ、室内はまるで廃屋のようである。数歩進むと患者の呻き声があちこちから聞こえてきた。

「ここは担当者が余り見せたくないと言っていました。結核の末期患者の多くがここに来て最期を迎えます。喀血する患者もいますので賄人も嫌がり、元気な患者が交代で食事を運びます。そしてマラリアや腸チフスを併発している患者もいます」

敏事は患者の様子を見て胸が痛くなった。人の幸福とは、尊厳とは…。脳裏に幾つもの言葉が浮かんだ。人の最期をどうするのか。母は教会の人々に見守られ天国に行った。医療では計り知れない多くの問題が結核患者の療養施設にはあった。悲惨な状況に言葉が出なかった。

帰りの車の中で陳が沈んでいた。

敏事が聞いたが、陳は揺れる馬車の中で走り去る景色を見ていた。

「どうした、陳」

「先生、僕の家はあの山の向こうにあります」

陳が指さす方を見ると山並みが連なっていた。

「この近辺か」

「ええ、あの山の向こうが私の育った村です。とても貧しく妹たちは台北などに働きに行っています」

陳の目に涙が浮かんでいた。

「家に寄るか」

陳は敏事を見ると顔を横に振った。

「先生、僕は一人前の医者になるまでは故郷には帰りません。それが父との約束ですから」

「そうか」

「先生あの先に親戚の家がありますのでそこに寄ってもらってもいいですか。私が台北で頑張っていることを父母に伝えてもらいたいのです」

陳が戻ってくるまで敏事たちは馬車を降り周辺を散策した。畑は荒れ果て、陳の親戚の家はやっと雨露がしのげる程度の家だった。

帰路敏事は陳に何も尋ねなかった。ただ無力な自分を感じた。

内村先生へ

お元気のことと存じます。

長い間ご無沙汰し申し訳なく存じます。

過日、私どもは当地の結核患者療養施設を視察いたしました。

それは惨憺たるもので医療現場にいる者として無力感を感じずにはいられませんでした。当地には風土病など多くの病気が蔓延していますが、その中でも治療方法の見つからない結核は隔離するしかなく、方策を考えなくてはいけないと思っています。現実を垣間見その難しさを痛感いたしました。

当地でも結核の研究をしておりますが、情報、研究医療器具、環境などを考えると、やはり欧米の専門機関に学び、薬の開発と治験をしていくしか方法がないのではと思っています。もちろんこの地で病に苦しむ人々を診ていくことも重要なことだとは考えています。

私の使命は何かといえば、結核の専門医になることです。

幸いなことに長崎医専から優秀な人材が派遣されてきますので、ここのことは彼らにまかせ自身の進路について決断をしなくてはならないと思っています。

過日、台湾医学会誌に『萎黄病の二例』と題して論文を載せました。先生のところに医学関係の信者さんがいらっしゃいましたら見ていただけると幸いです。

先生、私はやはり欧米の医療先進国で結核研究をしたいと思っていますが、なんといっても伝《つて》がありません。東京帝大などを卒業した一部のエリートは官費で欧州留学などへの道が開かれているようですが、一介の台北病院の医師ではその道はありません。旅費は私がどうにか工面しますので、もしよいところがございましたらご紹介ください。

先生のご多幸を心より祈念申し上げます。

末永敏事

一九一四年、敏事は『台湾医学雑誌』一四六号に論文『萎黄病ノ二例』を掲載した。萎黄病は思春期の女子に多い鉄欠乏性貧血で、結核との併発を論文にしたものであったが、結核との因果関係はわからなかった。一九一六年には同誌一五九号に『ピオリコウスキー氏亀結核菌製剤ノ治験』を掲載した。

敏事は二十世紀初頭の台湾で手探りながら診断技術、治療法、特効薬の研究開発に没頭した。

結核の根本的な治癒をしたい。自然治癒ではあまりに原始的ではないか。来る日も

来る日も研究の日々を送った。しかし植民地台湾の医療施設では研究に限界があった。内村先生にお願いした米国の話もそれっきりになっている。敏事は悶々とした日々を送った。そんなある日内村先生から手紙が届いた。

末永君へ
　萎黄病例の論文ありがとう。

　そうそう、本所で医師をしている信者の方にお渡ししたところ大変喜んでいました。

　さて、留学の件ですが、私は若い頃、米国マサチューセッツ洲アマースト大に学びました。新島襄先生から学長を紹介していただきアマースト大の三年に編入したのです。当時の知人がいますから連絡をしておきます。

　用件のみにて、帰国をお待ちいたします。

内村鑑三

　敏事は少し光が見えたような気がした。先生はアマースト大にいたことがあった。短い手紙は実現性の高いことを意味していた。内村からの手紙を心底喜んだ。いても立ってもいられなかった。鴨井に話すと決定してもいないのに喜んでどうする、と揶揄されたが、鴨井は敏事の熱意に負け総督府官吏の持田の執務室に同行した。未決定の渡米に持田は笑ったが、支援をしたいと我ことのように喜んだ。

「末永君、実現すれば総督府としても誇りですよ。アメリカは南北戦争を経て大きく変わった。ご存知のようにアメリカは移民大国です。工業化の発展も移民労働者の安い労賃が背景にあり労働争議も多発しているそうだ。南部では今も黒人にたいする差別があるし、原住民は小さな居留地に押し込められ、白人の農園主や牧場主がその土地を手に入れ農場を経営している。少し脅かしたが実は君がうらやましい。肝心のアメリカ医学会だがドイツ、フランスから優秀な研究者が渡り今では欧州に劣らぬ水準となっているそうだ。末永君、知っているか、あの野口英世先生も今は米国にいるらしい。結論を言おう、この機会を逸したらもう留学はないと思ったほうがいい。総督府としては君が行くことには大いに賛成するし、推薦状も出そう」

面会が終わると持田は総督府正門まで敏事と鴨井を送った。

「やはり持田官吏はよく見ていますね」

総督府の建物が長い影をつくっていた。

「末永君、僕もそれは感じた、持田官吏さんの前任地はフランス、だから世界情勢に通じている」

「え、そうなのですか、ぜんぜん知らなかった。でも相談してよかった。僕はアメリカに行く決心がつきました」

「アマースト大医学部か、夢のようだな」

「いえ鴨井さん、それは内村先生が留学した大学で僕がどこに行くかはわからないですよ」

「はやとちりだな。ところで末永君、官費で行くわけではないんだ、金はどうする。あてはあるのか」

鴨井の質問に敏事は顔を曇らせ、

「ない…です」

と言った。

「おいおい、末永君とんでもないことというなよ、金のあてが本当にないのか」

敏事は鴨井の顔を見ると、

「鴨井さん、ここで蓄えた金はたかが知れています、僕は一度故郷に帰り、実家の屋敷と土地を担保に金を借りるつもりです。父も母ももうこの世にはいません。姉も妹も嫁いでいます。父は僕の研究のためならそれを許すと、それが遺言です」

と言った。

実家の屋敷と土地を担保にするのは先祖に申し訳ないが、大願成就の暁には取り戻そう、そうすることがせめてもの償いだと敏事は思った。

「末永君、どうした。急に黙って」

「あ、ごめんなさい、ちょっと故郷のことを思い出したものですから」

「しかし君の人生もすごいな。長崎、東京、台湾そして今度はアメリカだ。すごいというしかないな」

「いやそんなことはありませんよ、大陸や南方に出ている日本人も今ではたくさんいます」

敏事は三浦のことを思い出していた、商売と伝道はうまく行っているのだろうか。

そういえば内村先生は二つのＪをいっていた。イエス（JESUS）と日本（JAPAN）だ。僕も先生のように二つのＪを持ち日本を出よう。母国を大切にクリスチャンとしての矜持をもって生きよう。

鴨井と別れるとなぜか足取りが軽くなり、ヨハネによる福音書の一節を口にした。

「私は復活であり、命である。私を信ずる者は、死んでも生きる」

そうだ僕は復活するのだ。世界的な結核医として、そして結核で苦しむ多くの人々のために。

一カ月後内村から待望の手紙が届き、そこには留学先が決まりそうなので帰国を勧めると、書いてあった。

敏事の送別会が市内の料理店で開かれ、会場には総督府、台北医院、台湾医学校の医師、看護婦、講師、研修生など百人近くが集まった。

鴨井が壇上に立った。

「末永君は私の後輩でありながら私を超えていく不届きものです。彼の結核医としての将来に乾杯」

鴨井の冗談交じりの乾杯のあいさつに会場は沸いた。

「末永君、僕は総督府から輩出した君のような医師をほこりに思っている。米国でも体に気を付けて頑張ってください」

持田は固く手を握り、敏事の肩を抱いた。

教え子の研修生たちが敏事の周りを取り囲み「先生、先生」と言って別れを惜しんだ。

敏事は四年ほどの台湾滞在だったが多くの人に慕われ信頼されたことに幸福感を感じた。この人達と別れるのはつらい。しかし多くの結核患者のため心を鬼にしなくてはならないと思った。

数日後、敏事は陳たち三人の寄宿生を鴨井に託し、多くの人に見送られ台北に別れをつげた。

＊

敏事は帰国すると長崎の出島鉄工所に赴き銀二と佳代に会った。居合わせた姉・康子と佳代は、敏事の渡米に口を挟むことなく実家の処分も敏事に任せるといい、その上銀二は敏事を支援したいと申し出た。銀二は大原忠吉社長の右腕となり事業家として活躍していたのである。子どものいない大原にとって、仕事のできる銀二は我が子同然であり将来を嘱望していた。

一九一六年（大正五年）夏、敏事は北有馬村今福の実家の土地、家屋を担保に入れ、神山宗達の紹介で横浜正金銀行から金を借りた。

横浜正金銀行は貿易金融・外国為替に特化した銀行で、敏事が米国で生活するには利便性がよいと宗達が教えたからである。

そして内村のアマースト大の同窓生がシカゴ大学で教鞭をとっていた縁で、敏事の留学先はシカゴ大学と決まった。が、内村は米国行きを強く奨励したわけではなかった。彼の米国生活の体験から米国は理想的なキリスト教国ではなく、差別があり、泥棒も多く相当の覚悟が必要だと敏事に助言した。それでも敏事が米国を選んだのは結核研究に対しての熱意と覚悟があったからである。

第五章
夢の大陸アメリカ

雲ひとつない紺碧の空である。

横浜、シアトル間の定期船シアトル丸は大きなドラの音の後、静かに岸壁を離れはじめた。甲板から色とりどりのテープが風に揺れている。敏事と和歌子、宗達、内村などとつながったテープもやがて切れた。

別れのテープは前年行われたサンフランシスコ国際博覧会で日本人が考えたもので、日本人の情の深さが別れのテープに繋がったのである。

テープは一つ切れ二つ切れ海へ飛んでいった。岸壁に立つ人々の姿が小さくなり、やがて視界から消えた。敏事の心は寂寞《せきばく》の思いでいっぱいであった。

シアトル丸は航跡を残し一路アメリカへと向かった。敏事は甲板に立つと海原を見つめた。日本での出来事が走馬灯のように浮かんだ。しばらく日本に戻れないと思うと、すべてが懐かしく思えた。海原のかなたに小さく見える富士山が敏事を勇気づけた。

シアトル丸は海面を切りアメリカ大陸を目指し太平洋を航行した。

敏事は甲板に立つと大きく背伸びをし、海原を見つめた。空気がおいしかった。

約三週間の船旅であるが海は気ままだ。時には鏡のような表情を見せ、ある時は鬼のような形相で襲いかかった。敏事は天候に恵まれたときは甲板に出て外国人を見つけては意欲的に会話し、少しでも英語が上達するよう試みた。英国人、インド人など英語圏の人と話し、それぞれの国によって発音やイントネーションが違うことを知った。

三週間後、敏事はシアトルに到着すると一泊し、翌早朝に大陸横断鉄道に乗りシカゴに向かった。十両編成の列車は町を離れると広漠とした大地を走った。車窓に広がる延々と続く大地、行けども行けども荒野だった。敏事はアメリカの大きさ広さにただ圧倒され、移りゆく荒野を見つめていた。

台湾は木々の緑がやさしく包んでくれたが、アメリカは茶褐色の大地が広がり雪を抱いたロッキー山脈が悠然とそびえていた。何しろ広いのである。気が遠くなりそうな旅路である。敏事は車窓を走る風景にただただ驚いていた。

内村の学友スチュアートはシカゴ駅まで迎えに来ていた。敏事がシアトルで電報を打っておいたからである。敏事のために用意された家はかつて開拓移民が住んでいたという高床式の簡素な住居であり、周囲は緑に包まれ遠くに牧場が見えた。室内に入ると色白の少年が手を差し伸べてきた。敏事は怪訝な顔をしてスチュアートの顔を見た。スチュアートは敏事の身の回りの世話をするトムだと紹介した。

敏事は医師でありながらシカゴ大学三年に編入し病理学研究室に所属した。

毎日トムを同伴し学校に通う敏事に研究室の面々は、リトルボーイ同伴と揶揄したが、スチュアートから事情を聞くと研究員全員が敏事に好意を寄せトムを可愛がった。敏事が研究室に慣れるのに時間はかからなかった。医学に対する姿勢、異文化を理解しようとする姿は教授や研究員から好感をもって迎えられ、一年が経過する頃には研究室で頭角を現し、病理学研究室教授の助手になることができた。助手とはいえすでに台湾での臨床経験のある敏事である、細胞組織、臓器の標本を顕微鏡で自ら検査、観察する手際には無駄がなかった。そして流暢な英語で病気の原因を探り究明する姿勢に教授連も舌を巻いた。


シカゴ大学で経済学を教えるスチュアートは、敏事が編入して以来暇を見つけては敏事の研究室に顔を見せ、

「ミスター・スエナガの大学での評判は実にいい。ミスター・ウチムラが紹介してくれただけはある」と褒めた。

そういわれると敏事も悪い気はしなかった。

しかし時代は日本人にとって順風ではなかった。一九一三年（大正二年）カリフォルニアで排日土地法が制定されるとカリフォルニアから遠く離れたシカゴでもしだいに日本人の生活は窮屈になっていった。

敏事が渡米した翌年、アメリカは第一次世界大戦に参戦した。多くの兵を要した軍隊は医師も例外ではなく徴用し、研究室も寂しくなっていった。

ドイツ・オーストリアを中心とした帝国主義国家とイギリス・フランス・ロシアを中心とした同盟国の二つに分かれての人類史上初めての大戦となった。この戦争は飛行機、潜水艦、毒ガスなど新しい兵器を駆使した戦争であり、傷病兵の症状も様々で時には傷痍軍人がシカゴ大学病院にも運ばれて来た。戦争は悲惨だ。足を失った兵、盲目となった兵、精神を病む兵、敏事は戦場の恐ろしさを傷病兵を通して実感した。傷病兵の痛々しい姿は人間の尊厳とは何か、国家とは何かを考えさせた。

ある日、敏事は街角で「ジャップ・ゴーホーム」と書かれたいたずら書きを目にした。ジャップ、それは日本人を呼ぶ侮蔑《ぶべつ》の名称だった。ジャップといわれようと私は病理学研究で成果を上げている、何がジャップだ、人間の優劣は肌の色なのか。アメリカは自由の国なのではないか。これが内村先生が体験した〈米国は理想的なキリスト教国ではなく、差別があり、泥棒が多く、相当の覚悟が必要だ〉と敏事に助言したことなのかと思った。敏事の胸に得体の知れぬものが覆いかぶさるような気がした。

スチュアートに落書きの話をすると、

「ミスター・スエナガ心配することはありませんよ、立派な仕事をしている大学の研究医を排斥しようなんて誰も考えていません。ただ戦争の影響もあって国民が神経質になり、不満をどこかにぶつけようとしていることは確かです。ご存知のように大学にも傷病兵が運ばれてきています。イギリスを助けるとはいえ、遠いヨーロッパでの戦争でなぜアメリカ人が傷つかなくてはいけないのか、多くの人々はそう考えています。シークレットですがいい思いをしているのは黒の商人だけです。戦争が終わり軍事景気に陰りが出ると、決まって皺寄せは弱者にきます。アメリカ人の多くはヨーロッパからの移民です。日本人のような優秀な民族に仕事を奪われるのではないかと心配なのです。それが排日につながっているのです。不満の矛先を他者に向けるのが為政者の常套手段なのです」

と言った。

スチュアートの言葉は的を射ているように思えたが、その日の新聞が気になった。

〈戦争では何も解決しはしない。誰が犠牲になるか。国家の大義とは何なのか。犠牲になるのは罪もない大人や子どもたちだ。全ヨーロッパが廃墟と化し、あまりに多くの人命が損失した。戦勝だけを語るイギリスの将軍は憂鬱であまりに愛国心が欠如し、あまりに無知だ。この戦争という大虐殺を生き残った者は、戦争を憎み、戦争に反対すべきだ〉

敏事は大虐殺、反戦の言葉を心に刻み記事を切り取るとポケットにしまった。

一九一九年、敏事はシカゴ大学の学位を取ると正式に病理学研究室の助手となった。そこへスチュアートから朗報が入った。それはシンシナティ大学医学部が細菌学の研究者を探しているとのことだった。いよいよ自分の意志で本格的な研究ができる、ついにそのときが来たと思うと心が躍った。

シンシナティ大学はオハイオ州中西部にありミシガン、ペンシルバニア、インディアナ州に接しており州都はコロンバスである。全米屈指の原油産出量を誇り農業も盛んである。

「ミスター・スエナガ最高の条件だ、これで思い切り研究にいそしむことができる。シカゴより治安がよく日本人の君にはシンシナティの方が住みやすいと思う。が、一つ頼みたいことがある」

「何でしょう?…」

「トムのことだが」

「トム?」

「そうボーイのトム・アンダーソンを一緒に連れて行って欲しい」

「トムをですか」

敏事は怪訝な顔をしてスチュアートの顔を見た。

「トムはミスター・スエナガを慕っている、だから君に頼んでいる。実はトムの父親はベルギー国境のミュズレー戦線で戦死した。前にも話したがトムの父と僕は親友でね、出征のときに彼にもしものことがあったらと頼まれた。僕もこの大学から動くかも知れない。どうだろう、トムを君のサーバントとして連れて行ってくれないか。僕が面倒を見るといったら、トムは君について行きたいと言うのだ。君の研究ぶりと人柄をトムはよく見ているんだ」

敏事は少し考えると、

「僕もトムのことは好きです、即答はできませんが考えておきます」

と言った。

敏事は陳のことを思い出していた。彼も敏事を慕ってくれた、しかし最後まで面倒をみることができなかった。敏事の心は動いた。

シカゴ大学で学位を取り研究成果を上げている敏事が、シンシナティ大学医学部に移ることは容易であった。

一九一九年（大正八年）、敏事はトムを連れシンシナティ大学医科細菌学・生物化学教室に入り研究員を率いることになった。それは長いこと抱いていた理想的な船出であり、やっとここまで来たと感慨にふけった。

敏事は研究室に入ると発見されたばかりのビタミンDに注目した。ビタミンD欠乏が結核に及ぼす影響をモルモットを使って実験し、当時結核治療法として効果があると言われていたカルシウム注射を無効だと結論づけ、研究成果を結核専門誌アメリカン・レビュー・オブ・チューバークロ－シスに「結核菌の抗酸性に関する研究」と題して発表した。その旺盛な研究姿勢は他の研究員をもうならせるほどだった。しばしば研究は深夜までおよんだが、そんな時でもトムは敏事を待っていた。

トムの仕事は研究室の清掃に始まりあらゆる雑用であった。時には研究成果のメモをとり、薬品管理をそつなく行った。もともと頭脳明晰なトムは他の研究員、助手からも仕事ぶりを評価された。

誰が言うわけでもなくトムを中学に行かせる話が持ち上がり、研究員全員がバックアップして午前中は近くのアダムス・ジュニア・スクールに通わせた。

「トム、将来は何になりたいのだ」と敏事が聞くと「ドクター・スエナガと一緒に医学の研究がしたい。もし先生がジャパンに帰るなら僕もついていくよ」

そう言うトムの笑顔が心を和ませた。

「先生、結核治療は難しいのですか」

「トム、難しい質問をするね。今のところ治療薬がないんだ。この間研究室でモルモットを使い長期の研究をしたが、僕はビタミンDの不足が結核に影響するのではないかと推測した。まだまだ実験の段階だ。いろいろな薬物を投与して結核菌が減少しても、結核菌が耐性をもつようになったら研究の意味はないのだよ」

「つまり結核菌が全て死滅する薬を発見しないと無理ということですね」

「そうだ。耐性をもった結核菌にはその薬が効かなくなる。結核菌が生き残らない薬を発見する、それが僕の仕事だよ」

「先生ってすごいな。この間も複数の薬剤を組み合わせて実験をやっていましたね」

「トム、君はよく見てるね。きっといい研究者になれるぞ」

トムは敏事の話を目を丸くして聞いた。

＊

一九二三年（大正一二年）のある日、日本からの医学視察団が野口英世博士のいるニューヨークのロックフェラー医学研究所などを視察した後、シンシナティ大学を訪れた。メンバーは京都帝大病理学教室・藤浪鑑《あきら》を代表に東京帝大医師ほか、米国教育省の役人、ニューヨーク日本総領事館館員が随行してきた。

敏事は視察団の中に旧知の顔を見つけて驚いた。青山学院に入学したとき右も左もわからぬ敏事の面倒を見てくれた室橋だった。

敏事は視察団の一行にちかづくと、

「室橋君ですか、青山学院にいた」

と聞いた。

「そうです。末永君ですね、噂はうかがっています」

室橋は右手を差し出し敏事の手を力強く握った。

「当時、外交官を希望していましたね。その室橋君がニューヨークにいたとは驚きです」

　敏事はあまりの懐かしさにそれ以上言葉が出なかった。

「末永君、医学雑誌アメリカン・レビュー・オブ・チューバークローシスを見ました。見たと言っても内容は全くちんぷんかんぷんでわかりませんが」

　室橋は大きな声で笑った。

シンシナティ大学の研究員は日本国領事と親しげに話す敏事を見て驚いた。

「末永君、視察が終わりましたら二人だけで話がしたいのですが、時間はとれますか。できれば人のいないところがいいのですが」

「わかりました」

　敏事は言うと、トムに先に帰って来客の用意をするよう促した。


　視察団一行はシンシナティ大学医科細菌学・生物化学教室をくまなく視察すると藤浪が敏事に言葉をかけた。

「異国での研究は大変でしょう」

　敏事は声をかけられたのがうれしく、

「いえ、郷に入っては郷に従えで楽しくやっています」

と答えた。

藤浪は京都帝大の初代教授で鶏の肉腫研究、寄生虫研究などに力を入れており、研究者で知らない者はなかった。日本の病理学の研究者で「藤浪肉腫」として名高い。

「室橋領事に医学雑誌アメリカン・レビュー・オブ・チューバークローシスを見させていただきました。結核に対してのビタミンD不足の影響、結核菌の耐性など実に興味深いものです。どうです、博士論文をお書きになりませんか」

敏事は思わぬ申し出に困惑した。まだ研究途上でその段階ではないと思ったのである。

「よろしければお世話しますよ。あれだけの研究をそのままにしておくのは惜しい」

しばらく考えた後敏事は、

「ありがたいお話ですがまだ研究途上でそこまではいっておりません。今は何しろ研究が楽しいのです。もし博士論文が必要になりましたらそのときはお願いいたします」

藤浪は笑みを浮かべると、

「こんないい話を断ったのは君が初めてです、肩書きではなく研究に専念する姿勢、私には感じるものがあります。論文の時期が来たら連絡ください」

博士の申し出を心配した室橋が、

「末永君、せっかくの申し出だよ、お受けしたら」

と助言すると藤浪が、

「室橋領事、研究というのは時期がありまして末永先生はそれを探っているのです。僕も研究者ですからその心情は痛いほどにわかりますよ」

と笑みを浮かべた。


シンシナティでの敏事の住居は、アメリカを象徴するような広い家、広い部屋、広い庭のある一戸建ての家だった。

「広い家だね、ニューヨークではとても考えられない」

「ここしかなかったのですよ」

と敏事は言うと笑った。

二人はメイドの用意した夕食を前に話を始めた。

「彼は大丈夫ですか」

「トムですか、彼は日本語をわかりませんし、私の信奉者ですから大丈夫です」

「末永さん、実はアメリカ本土での排日運動ですが、それがさらに大きくなり日本人にとって暮らしにくい時代となっています。一九一三年にカリフォルニアで排日土地法が制定され、日本人は土地所有が禁じられ農業用の土地の賃借は三箇年以内に限定されました。農業に従事する者には大きな打撃でやめる者も出ています。それはひどいものです」

「室橋さん、我々研究者は大学内では差別は感じませんが、シカゴでは嫌な思いをしたことがあります」

「そうですか。我々も日本人がアメリカで築き上げた生活の全てを根底から覆す不当なものだと、日本政府を通して抗議はしています。もちろん日米条約にも反しますし、平等、機会均等を理念とする米国憲法に抵触するはずなのです」

一九二〇年（大正九年）、カリフォルニア第二回排日土地法が制定されると、日本人の農業用の借地権を剥奪し地上権も禁じ、さらに農業を禁じた。その波はカリフォルニア州に留まらずワシントン州、アリゾナ州、ニューメキシコ州、テキサス州、ネブラスカ州などにも波及していった。

当時の新聞には〈カリフォルニア州で排日凶暴、砲台付近で日本人他殺二死体、自転車店主人にリンチ、裸体にしてコールタールを塗り私刑〉などの文字が躍る。

シンシナティ大学の周辺は穀物地帯であるが、日本人の入植は少なくカリフォルニア州に比べると穏やかではあったが、排日運動の波は以前より増し、日本人に対する風当たりは強くなった。一九二〇年に禁酒法が制定されると、シカゴなどでは犯罪組織が力を持ち治安が著しく悪化した。当時の世相をかんがみるとスチュアートがシンシナティ大学を勧めたのは正解であったといえる。


「末永さん、内村先生の〈ジャパン・クリスチャン・インテリジェンサー〉はお読みになりましたか」

「読んでいません」

「そうですか。後で送りましょう。その中で先生は米国での日本人排斥、排日移民法案に対して厳しい批判をしています。アメリカは移民の国です、アメリカの建国理念、自由と平等と幸福追求の権利、それを考えれば今この国がやっていることはおかしなことです。アメリカを批判する内村先生に敬意を表す米国人も出ています」

「私は先生の雑誌は読んでないのですが、生活しての実感として私の知る限り米国人は、真面目で正直な人たちだと思っています」

「末永さんの言う通りです。それがアメリカです。野口英世先生をご存知ですよね」

「よく知っています。研究者にとっては雲の上の存在です」

「その先生は排斥について、人情は日本にいてもこの地にいても同じでまじめに働けば排斥されることはない、と言っています。ただ農業者と医学のスペシャリストでは当然のことながら境遇がちがいます」

「野口先生も排斥を感じてはいるのですね」

室橋はうなずくと、

「もしお困りのことがありましたら私に連絡ください」

というと紺色の背広から名詞を出し敏事に渡した、その姿にすきがなかった。

排日運動が激化する中で室橋の言葉はありがたかった。

そんな状況下、敏事は医学雑誌〈アメリカン・レビュー・オブ・チューバークローシス〉〈ジャーナル・オブ・インフェクシャス・ディジーズ〉などに立て続けに論文を発表していった。

一九二〇年代、アメリカの狂乱ともいえる時代、敏事は悩みながらも結核専門医として充実した研究生活を送っていたのである。

ある日、敏事にシンシナティ移民局からの出頭命令が来た。

「ミスター・スエナガ　フホウタイザイ　ヨウギニテ　シキュウ　シュットウ　サレ

タシ」

英文で書かれた文書にはこのように書かれてあった。

手紙をトムに見せると「不法滞在？」と怪訝な顔をした。

「トム、僕は正式に医学研究者としての就業ビザを取得しているのに、なぜだ？」

「先生、カリフォルニアでは日本人に対して風当たりが強くなっています。先生は数々の論文を発表し、特に結核については権威ですので、風当たりは感じないかもしれませんが、ほかの大学の日本人研究者で嫌がらせを受けている人がいると聞きました」

「そうですか。私はこの国に来てから十年近くになりますが、その間不自由は感じなかった」

敏事はトムの悲しそうな顔を見た。

「先生、移民局に行かないとまずいことになりますから、行きましょう」

敏事は出かける前に経緯をニューヨーク総領事館の室橋に伝えた。室橋は総領事経由で移民局に申し入れをすると言って電話を切った。

オークやポプラの木が風に揺れていた。オハイオ川の見える石造りの荘厳な建物が移民局だった。

　移民局長は四十歳前後の恰幅のいい男である。

「ドクター・スエナガ」

　局長は日本式の礼をし、手を差し伸べた。彼の手はあたたかく、そして強かった。

　敏事は鼓動の早まるのを覚えた。

「ミスター・スエナガあなたのことはロックフェラー財団医学研究所のドクター・ノグチから聞いています。ドクターの感染病の論文は、ジャーナル・オブ・インフェクシャス・ディズジーズで見ているそうで、将来有望な医学者だと賞賛されておりました」

　野口英世博士は日本のみならず米国が誇る世界的な医学者である。一九〇四年、ロックフェラー財団医学研究所に入り、後に黄熱病に感染し客死するまで、梅毒スピロヘーター菌などの研究に没頭し、ノーベル賞候補にもなっている。

　敏事は局長を前に排斥されるのではないかと危惧していただけに安堵した。

「ドクターの研究は結核と聞いていますが」

　敏事は局長を見つめ、

「結核菌はドイツのドクター・ロベルト・コッホによって発見されていますが、残念ながら治療法は見つかっていません。治療法を見つけ出すことが私のテーマです」

二人が話をしているとドアーをノックする音がし、所員がメモを局長に渡した。

「ミスター・スエナガ、ニューヨーク総領事館のミスター・ムロハシを知っていますか」

敏事がうなずくと局長は、

「いいお友達をお持ちですな。彼が心配して連絡をよこしました」

と言った。

「ところで今日は？」

「ミスター・スエナガ、心配しないでください。我々はあなたの味方です。なにかあったら言ってください」

局長は言うと、敏事の肩を叩き、

「どこへ行っても人情は同じです」

と豪快に笑った。

敏事は移民局に召喚されたこと自体訳がわからなかった。おそらく形式なのだろう、と推測した。

大学の研究室にいると敏事は感じなかったが、外出すればジャップと呼ばれ、ある時は酔漢に胸倉をつかまれ「ジャップ・ゴーホーム」と罵られ殴られそうになった。そんなとき助けたのはトムだった。トムは敏事の片腕となり、次第に彼なしでの外出が難しくなった。

「先生、もう外を歩くのはやめましょう。私が先生は送り迎えします。買い物も私がしますので、申し付けてください。排日運動もそう長くは続かないと思います。先生それまでの辛抱です」

トムは若いにもかかわらず頼もしく、時間とともに家族のように感じるようになった。が、敏事は帰国の時期が近づいたようにも感じた。

和歌子からの手紙

敏事兄さんお元気ですか。

長い間、敏事兄さんのお便りを待っていました。いつかは帰国するという手紙がきっと来ると思い千秋の思いで待っていたのです。

私はあなたとの結婚を夢見ていたのですが、その日はついに来ませんでした。あなたの恋人は医学ですから…。でも結婚する前にもう一度お会いしたかった。

敏事兄さんは女心をお分かりにならないのですか？

私は父の薦めもあり以前お手紙に書いた方と結婚しました。主人は満州商業会議所にまねかれ、私は主人ともども近い将来満州に渡るかもしれません。

すでに人妻となっている私がこんなことを書いてはいけませんね、主人にも父にも内緒ですよ。話によるとそちらも大変なようですね。

無理をせず、お体に十分お気をつけてお過ごしください。

和歌子

和歌子の手紙は簡単だったが故国日本の香りを満載していた。行間は和歌子の抗議で埋め尽くされ、敏事は心の奥底をえぐられたように感じた。なぜ和歌子をアメリカに呼び寄せることができなかったのだろう。宗達ならそれを許してくれたはずだ。

しかし研究に没頭し、また排日の風潮と格闘していたためそれが出来なかった、一人の女性を幸せにできない自分に研究を続ける価値があるのだろうか。敏事は深い悔恨の念と自己嫌悪に陥った。

和歌子から手紙をもらって以来、なぜか周囲の視線が冷ややかな感じがした。

一九二五年（大正一四年）米議会は排日移民法を成立させた。明治期からの日本人移民は中国などの移民とは違って米国においては容認されていたが、排日移民法の成立は日本人にとって脅威であり在米邦人は試練の時をむかえた。

研究室の仕事が終わった後、敏事はトムを呼ぶと「この研究室に誰か私の後を継げる者はいるだろうか」と聞いた
トムは驚き、

「え！」

と訝しげに敏事を見た。

「トム、君だけには話しておこう、私は帰国しようと思っている…。今すぐというわけではない。研究を継続するため後継者の育成には一年はかかるだろう。ただお前にだけは今から話しておこうと思った」

「……」

トムは敏事を見つめた。その目から大粒の涙がこぼれた。

その日の夜、敏事は内村に手紙を書いた。

親愛なる先生へ

お変わりはございませんか。この地へ来てから十年近くの歳月が経過しました。その間、米国医学学会や医学専門誌などに研究成果を発表してまいりました。信仰については北米教会の皆様と礼拝と交わりを共に守ってまいりました。が、今私は帰国を考えています。心残りは結核治療薬を発見できないことです。

先生のお書きになった排日移民法批判の「ジャパン・クリスチャン・インテリジェンサー」を室橋領事からお借りし拝読しました。この自由の国でこのような法案が成立すること事態異常だと感じています。しかし先生の論文を高く評価し敬意を表す米国人がいることには救われます。

排日の機運は以前からありましたが日に日に高まっています。医学者として周囲から評価されているとはいうものの、私も黄色い肌をもった人間であることには変わりがなく、日々の暮らしが窮屈に感じるようになりました。まだやり残したことがありますので帰国はもう少し先のことになりそうですが、すでに潮時かと感じております。

今は少しでも私の研究をこの研究所の若い人たちに引き継いでもらうことが使命と考えています。

時節柄お体ご自愛ください。

末永敏事

親愛なる末永君へ

ご平安のこととお喜びいたします。

毎度、寄付を頂きありがとうございます。

当方相変わらず伝道活動をおこなっております、近いうちにご帰国の由、君の技術と信仰をもって我らの伝道に参加されんことをお願いいたします。ここにいる人たちは君の協力を望みつつあります。誠に結構なことと存じます。君が来て新しい生命を吹き込んでくだされば一同感謝であります。別封をもって拙著を数冊お送りいたします。適宜ご使用ください。

内村鑑三

一九二六年（大正一四年）年初頭、敏事は自宅に研究員とスチュアートを呼ぶと別れの宴を持った。本来ならばホテルを借り盛大にやりたかったが、排日法の関係もありスチュアートの助言により自宅で開いたのだった。

スチュアートの乾杯の音頭で送別会が始まったが、トムは敏事の脇に座り終始黙りこくっていた。

「トムまた会えるさ。心配するな」

敏事がそう言い肩を叩くと、トムは悲しい目をして見つめた。

「スチュアート先生、トムを頼みます」

トムの学費を始め生活の面倒はスチュアートが全面的に支援することになったが、敏事もトムのための育英資金をスチュアートに託した。

敏事は言葉が見つからなかった。できるものなら日本に連れて帰りたかった。トムは敏事にすがりつき、目を真っ赤にして泣いた。

送別会の席上、研究員からは結核研究の途上なぜ帰らなければいけないのだと、敏事を非難する者もあった。敏事を信頼するあまりの言葉でありうれしかった。

長い米国での研究生活、未練がないといえば嘘になる。続けたいのが敏事の本音だった。

第六章

祖国の土

敏事は一〇年ぶりに祖国の土を踏んだ。

横浜埠頭には、桜が陽光の中でやさしく輝いていた。シアトル丸を降りると幸太郎と銀二が埠頭に迎えた。二人の顔を見た敏事は思わずこみ上げるものがあった。

排日の嵐に襲われた米国での研究生活は、緊張の連続だった。しかし一〇年ぶりの横浜港の景色はなぜかやさしく敏事を包んだ。眼前に広がるのは祖国の風景だった。

敏事が米国にいた一〇年間日本国内にも大きな動きがあった。

一九一七年（大正六年）ロシア革命が起きると日本政府は共産主義思想の流入を恐れ治安維持立法に着手した。大正デモクラシーと呼ばれた時代、言論、集会、結社などの自由主義的運動などが各地で行われた。一九二一年（大正一〇年）首相原敬暗殺。一九二三年（大正一二年）関東大震災の混乱の中で朝鮮人が殺害され朝鮮人と間違われ殺された日本人もいた。一九二五年国家体制の変革と私有財産制度の否認を目的とする結社への参加を禁ずる治安維持法が成立する。治安維持法は外国帰りの日本人も対象とされ、当然のことながら敏事もその一人であった。敏事はそれらの動きを実感としてとらえることができなかったが、時の経過とともに現実としてのしかかってくる。

敏事は帰国すると内村鑑三を訪ねた。

日本医学の先駆者として米国で研究を重ね結核医になった敏事だが、日本での知名度はきわめて低かった。

内村は無教会主義会員として神を愛し神に仕え充実した人生を送った敏事をわが子のように迎えた。有色人種に対する偏見。世界戦争となった第一次世界戦争の悲惨な状況、敏事自身の強い信仰心が反戦へと傾注していったことを告げると、内村は大きくうなずいた。

内村は敏事を前に「君の信仰と職業とをもって我らの伝道に再び参加せられんことを願います」と敏事に書簡で送ったとおり歓迎した。


敏事が帰国し内村の元に通うようになったある日、内村は見合いを勧めた。相手は日本郵船の取締役を務めた中島滋太郎の二女静子二七歳である。静子は内村の門下生の一人で妹の活子とともに内村を敬愛する敬虔なクリスチャンだった。

静子は自由学園の第一期生であり、卒業すると学園に残り洋裁を教えた。内村が静子との見合いを勧めたのは、滋太郎が家族帯同でロンドンに滞在した経験があったからだと思われる。

一九二六年（大正一五年）六月、敏事と静子の結婚式は内村の司式により行われ、結婚披露宴は建築されたばかりの東京帝国ホテルライト館で行われた。お膳立てしたのはもちろん中島滋太郎である。米国帰りの新進気鋭の結核医と元日本郵船の取締役を父に持つ静子の披露宴は、多くの要人を迎えたにもかかわらず酒類なしで静かなものだった。それは司式を務めた内村が宗教的立場から禁酒を信条としていたからであった。

滋太郎は東京帝国大学を卒業すると日本郵船に入り、長崎―上海航路などを開拓し、欧州に滞在した。その後信越電力や東京発電などの重役を務めた財界人である。人脈も幅広く後の首相浜口雄幸などとも親交があり、披露宴の参会者は豪華な顔ぶれだった。

敏事側の披露宴参加者は、東京帝大医学部、医学関係者、自由学園関係者、神山宗達、元山篤次郎、木村幸太郎、元台湾総督府官吏・持田などとこれまた豪華な顔ぶれだった。

会場は熱気あふれ女性は洋装、和装にかぎらずきらびやかな衣装で会場を埋め尽くし、男性はタキシードや紋付袴などで出席、まさに鹿鳴館の再現のようであった。

内村が会場中央に出ると万雷の拍手が起こった。

「敏事君、静子さんご結婚おめでとう。新郎の末永敏事君は、私の角筈時代の弟子であり医学者として米国に十年留学し信仰を守って今日にいたりました。真摯で誠実な人柄は末永君の身上とするところですが、その彼に私の聴講者であり熱心なクリスチャンである新婦中島静子さんが伴侶となることは誠に喜ばしいことです。皆さん二人の結婚は純粋なる信仰的結婚であります。我らキリスト者として喜びにたえず、二人の幸福を心よりお祝いいたします」

敏事が内村の門を叩いたのは青山学院に入った一九〇二年のことである。東京で右も左もわからず将来に不安を抱いていた、あれからすでに二五年の歳月が経っている、内村を信奉し内村に導かれここまで来たというのが敏事の実感だった。

内村の挨拶が終わると敏事は壇上に立った。花婿が演台に立つことは珍しいことであるが、それは医師としてやらねばならぬ基調報告であった。

敏事は演台に立つと参会者を見まわしここまでの道のりは長かったと思った。そして落ち着いた口調で話始めた。

「このほど米国シンシナティ大学医科細菌学・生物化学教室で研究をしてまいりました医師の末永敏事です。私は発見されたばかりのビタミンDに注目し、ビタミンD欠こ《ママ》の結核への影響などを研究し、いくつかの研究成果を米国の医学誌アメリカン・レビュー・オブ・チューバ―クローシスなどに〈結核菌の抗酸性に関する研究〉と題して発表してまいりました。しかしまだ研究は途上にあり、これからもやらねばならぬことが山積しています。

帰国後幸いにも東京帝国大学の研究室の一員に加えていただき、またミッションスクール自由学園でも教鞭をとらせていただくことになりました。これもひとえに内村先生や医学関係者のご支援の賜物と深く感謝しております、また本日はお忙しい中私どもの結婚披露宴においでいただきましたことを心より感謝申し上げます」

次に東京帝大医学部長の林春雄のスピーチが始まった。

「末永敏事君、中島静子さん、ご結婚おめでとうございます。花嫁の静子さんは誠実で教養あるクリスチャンであり、末永君は世界的な結核研究のパイオニアで敬虔なクリスチャンであります。現代社会においてはとかく富と富とが結合、派閥同士の結合、富と権力との結合がありますが、両君の場合は実にすがすがしい。私は信仰心の厚い男女が結ばれるのをはじめて見ました。まさに感動であります。医学部長の立場から静子さんには敏事君を研究者として支え精進することを期待いたします」

林は米国での研究成果を携えて帝大研究室に入った敏事に期待し激励の言葉を贈った。

内村が林医学部長に近づくと「林さんこの二人の職業は違っても、生き方や思想においてキリスト信徒であります」と言った。


話は戻るが敏事は帰国後、日本医学学会での基調報告を基に東京帝大、慶応義塾大学、東京慈恵会医科大学などに研究論文や実績書を送り、最終的に決まったのが東京帝大研究室と自由学園の校医兼自然科学の講師であった。

東京帝大の研究員に推したのは渡米中敏事の研究室を訪ねた京都帝大の藤浪教授である。その藤浪は再度研究論文の提出を薦め、敏事はシンシナティ大学で研究した成果を博士論文「結核菌の抗酸性に関する研究」にまとめ京都帝大に提出し、一九二七年一月（昭和二年）京都帝大から博士号を取得した。

＊

敏事の日本での生活が始まった。それは順風満帆といっても過言ではなかった。東京帝大医学部では第二内科教授の呉健研究室に入り結核の研究に没頭した。呉は循環器、神経生理の専門家で後にノーベル賞候補になるほどの医学界の重鎮であった。

しかし敏事にとってそれ以上に面白かったのは自由学園での仕事である。

自由学園は創立以来「思想しつつ、生活しつつ、祈りつつ」をモットーとしたミッションスクールである。ジャーナリスト羽仁もと子・吉一夫妻が、知識を詰めこむよりも自ら考え行動する教養と人格を備えた人間育成を目指す、「生活即教育」の少人数の一貫教育だ。学園の理念は、海外生活体験者でありクリスチャンでもある敏事には心地よいものだった。


四月、自由学園の校庭の桜が陽春の光の中で舞っていた。医務室前に入学検診を受ける女学生たちが列をなしている。

朝から始まった健康診断は、昼食を挟み途中休憩を取りながらも約五時間にわたった。緊張した学生たちの初々しい姿が敏事自身の少年期を思い出させた。

健康診断が終った。

「木村先生、生徒全体に言えることは過度の受験勉強のために体調を崩している生徒が何人かいるようです。受験生の特徴ですが眼精疲労はどの生徒にもみられます。今後の対応としては保健師の立場から他の先生の協力を得て保健指導をしてください。おそらく一カ月もあれば体調を戻し自由学園の生徒として学園生活を謳歌できるようになると思います。私も協力しますから、ご遠慮なさらずになんでも言ってください」

まさに創始者の羽仁もと子・吉一夫妻がいう知識の詰めこみが原因と見られる何らかの障害が生徒に見られ、それを敏事は心配したのである。

「はい、わかりました。先生のような方が来てくれてよかったですわ」

木村女史は笑顔を見せた。

敏事は脈拍、口腔、胸、脊髄、関節などの検査をしたが、もっとも怖いのが結核だった。せき、たんなどの症状も木村によく観察するように話した。そして米国に比べると日本は照明機器が劣っているように思え、改善の必要も校医として提言した。

＊

敏事は自由学園の教師を週二回こなしながら東京帝大の呉研究室で結核の研究にいそしんだ。結核菌は発見されていたが治療法を解明することは難しかった。予防接種、レントゲン診断、結核治療薬などができるのはまだ先のことである。

　結婚した敏事は東京中野町に居を構え、そこから東京帝国大学と自由学園に通った。静子も自由学園で洋裁を教えた。

　幸太郎の家は敏事の家から近く時々訪ねた。幸太郎は東京歯科医学専門学校を苦学の末卒業すると東京新宿に歯科医院を開いた。

　患者が帰った待合室の一角に敏事と幸太郎が座っていた。花形の電灯笠から茜色の光が二人を浮き上がらせ、まるで夕日に染まる有馬川の土手の色のようだった。あのとき盥《たらい》のような太陽を見て銀二が「空が燃えるぞ」と叫んだのを敏事は思い出した。

「銀二もここにいるといいな、敏ちゃん」

　敏ちゃんと呼ばれることがなぜか懐かしかった。

「銀二と佳代は幸せそうだった」

　敏事は幸太郎を見ると寂しそうな顔をした。

「敏ちゃん、しょうがないよ、世帯を持つと兄弟もなかなか会うことは難しい。幸せならそれでいいんだよ」

「そうだな」

「敏ちゃん、一度今福に帰ったらどうだい」

「実はそのつもりだ」

「どうだった？　アメリカは」

幸太郎の妻は、鎌倉彫の盆にお茶をのせて持ってきたが会釈だけすると奥に引っ込んだ。控えめで敏事は好感をもてた。

「いつ結婚したんだ」

「敏ちゃんがアメリカに行ってまもなくだよ。知らせようと思ったが忙しそうだったしな」

「よさそうな人だな」

「ああ、よくやってくれる、女房は歯科技工士の資格をもっているんだ」

「そうか、じゃあ安心だな」

「幸ちゃん、アメリカの大学の研究機関は日本とは比較にならないほど充実していた。だけど生活はしづらかった」

「つらい思いでもしたのか」

「例の排日運動だよ」

「そうか。敏ちゃん、自由の国、民主主義の国でもああいうことがあるんだな」

「ああ、あの国は人種や異民族に対して寛容ではなかった。我々医学者はさほどでもなかったが、農業を主な生業とする人々は大変だった。平等、博愛、奉仕、キリスト教ではそう教えるが利害が対立すると人間はむずかしい」

敏事はため息をついた。医師であり漢学者であった父は平等を唱え非戦をモットーにしていた。なぜ人間は平等になれないのか。なぜ寛容になれないのか。結核研究とともに非戦は敏事にとっては大きな命題だった。

「幸太郎実は、最近誰かにつけられているような気がするんだ」

「つけられている？」

「そうだ、学校の職員に不審な人が時々門の辺をうろついていると言われた。もちろん僕というわけではないと思うが……」

「そうか」

「僕は、今まで内村先生の聖書研究会でも先生と同じように反戦を訴えてきた。人間の幸福を考えれば当然のことだ」

「僕もそう思うよ」

幸太郎は敏事の顔を見つめた。

「幸太郎、僕はもし子どもができたら空気のいい今福に戻りたいと思っている。都会は住みづらい、もちろん研究の継続は長崎医専の協力があればできるはずだ。それに故郷で父のような村医者をしてみたいとも思っている。内村先生がおっしゃっている僻地伝道、そして父のような僻地医療、それができればと思っている。今福ならそれがかなうような気がする」

敏事の脳裏に「他の人の行くことを嫌うところへ行け。他の人の嫌がることをなせ」と内村が話したことが心に残っていた。

敏事が溜息をついた。

「どうした？」

「僕につきまとう黒い影が気になっていてね」

「でも敏ちゃんと決まったわけではないだろう」

「外国帰りも対象らしい」

治安維持法が改正され、要注意人物を官憲は監視している。それは敏事のような外国帰りも含まれる、といわれている。聖書研究会の後も黒い影を感じた、何が起こるかわからない。早く故郷に戻りたいと敏事は思った。

*

一九二八年（昭和三年）五月、敏事は静子と今福に戻った。久々の里帰りであるがすでに知己は少なく、山河だけが昔のままだった。敏事は実家近くの敷地に医院の建設を始めると、静子はまもなく出産し生まれた子に花子と名づけた。

敏事が帰国した年、郷里の大島原新聞は「米国帰りの結核医」として大々的に取り上げた。

一村一家の誇りと名誉

学びに志す人の子として最高学位の博士号を取得すること程、最高の喜びはあるまい。この度本郡北有馬村では医学博士を輩出した。村の名誉といわねばなるまい。爾来、北有馬村は奨学の念あつく幾多の知名の士を傑出せしめていることは、社会のよく知るところである。

末永家は代々医者で漢学者であり道伯の名を継承する家柄である。特に博士の曽祖父にあたる末永道伯翁は島原人物志中の一人、その医術と仁慈の厚く教養の深いことから当時の藩公より賞典を受けた有名な人物である。その遺志を継ぎ敏事氏が医術を志して博士の栄誉を担うこと当然過ぎることである。博士が結核の世界的大家であることはもちろんであるが、有名な内村鑑三先生の薫陶を受けたクリスチャンであることも付け加えねばなるまい。博士は長崎医学専門学校を卒業するとシカゴ大学、シンシナティ大学で医学を一二年に渡り研究し郷里今福に凱旋した。また博士は論文を京都帝国大学にも提出し博士号を取得した。これは京都大学の藤浪博士に依頼されての提出であったそうである。以前藤浪博士から同様の申し出があったが、そのようなものは不要と断ったそうである。名利に恬淡な姿勢は博士の人柄を象徴するものである。末永博士が京都帝大から博士号を送られていたが、それ以上に名誉なことは終始不変の研究態度である

大島原新聞は敏事の凱旋を大きく取り上げたが、すでに敏事が故郷を離れてから二〇年以上の歳月が経過しており、一般家庭では新聞購読者が少ないこともあって敏事の今福での知名度は知れたものだった。

敏事が帰郷してまもなく内村から手紙が届いた。

拝啓
ご平安を聞いて喜びます。
当方その後変わりありません。小生もどうにか健康を維持しております。天職のある間は生命安全を信じます。君の新たなる御事業の上に神の祝福を祈ります。
内村鑑三

医院が完成すると敏事は「末永医院」と書かれた表札を掲げた。

玄関を開けると八畳ほどの待合室があり、その奥に診察室があった。敏事は背広にネクタイ姿の上に白衣を付け村人を診察したが、その姿は生真面目な外国帰りの気難しい医者と村人にはうつった。

「先生はいつも背広姿でこの辺では珍しい格好だ。先生と会っても話したことはなく外国人のように見えた」

これは診察をしてもらった当時の村人の話である。

そしてクリスチャンゆえに日曜日を聖なる日とし休診にすることも評判を落とした。一〇数年の外国生活で身についた習慣はそう簡単に変えられるものではなかった。村人にとって博士号を持つえらい先生は不要であり、求めていたのはいつでも診てくれる気さくな医者だったのである。

ある日老婆が診療所を訪ねてきた。

「どこが悪いのかね」

「どっかが悪いから先生に診てもらいにきたんだがね」

老婆は不機嫌な顔をした。

敏事は老婆の顔を見て人を相手にしてこなかったことに気づいた。研究室ではそれでもよかったかもしれない。父・道伯は『医は仁術』、と言っていた、それは博愛であり、キリスト教の根本的な教えであった、敏事はそんなことさえ忘れていた自身を恥じた。

「おばあちゃん、もっと栄養のあるものを食べなくてはいけないよ」

敏事は栄養失調気味の老婆を椅子に座らせると言った。

「栄養のあるものかい？」

「そう、お肉とか大豆とかだよ」

「先生」

「なんだい」

「先生はアメリカ帰りで怖い先生だって村の者が言ってたが、そうでもねいな」

敏事は苦笑し、

「村の人はそんなこと言ってるのかい。じゃあ、やさしい先生だと言っておいておくれ」

といった。

敏事が開業して間もなく康子が手伝いに来た。そして康子の助言もあり背広、ネクタイはやめ普段着で患者に接し、日曜日も開業し村人に接した。

長い米国での生活、帰国後の研究者としての生活、敏事は知らぬ間に形を重んじてきたのだと思った。考えてみれば内村先生の提唱する無教会主義も形にこだわってはいなかった。そのことを伝授されていながらなぜか形にこだわったのだろうか。敏事は自身の姿があまりに滑稽に思えた。


一九三〇年（昭和五年）一月、柏木の聖書講堂で「パウロの武士道」の講演をしたあと、内村鑑三は体調を崩し、家族に見守られ死去した。敏事は師の訃報に驚愕《きょうがく》し上京した。

内村を偲ぶ会と最後の聖書研究会にはかつて議論を戦わした教友が多く参加してい

た。会場には幸太郎、三浦、一時帰国中の室橋の姿も見えた。

三浦は敏事に近づくと「お久しぶりです。伝道と商売、なかなかうまくいきません」と言って苦笑いした。

「今は？」

「マカッサルから秘境と呼ばれるトラジャに行きコーヒー農園をやっていましたが、世界不況の波をかぶり、すべてを失い帰国しました」

三浦の顔は以前より精彩がなかった。


世界不況は、一九二九年（昭和四年）一〇月、ニューヨーク市ウォール街の株式市場で株が暴落したことで始まり、不況の波は世界中に波及した。当時の朝日新聞には「津波の如く全国を襲う失業地獄」「職も無く食も尚なく　涙で語る　失業苦難　大東京かく無情」とある。新聞の記述のように不況の波は例外でなく日本にも押し寄せ多くの生産者や会社が廃業に追い込まれ、今福でも末永医院はじめ他の医院も医薬品不足などの影響を受けた。

「それで、末永さんは」

「今故郷で開業医をしていますが、同じように世界不況の影響を受けています」

「そうですか、末永さん僕はね、商売とか伝道とかはもう考えずに時間がゆるりと流れるところで暮らそうと思っています」

三浦の言っていることはよくわかった。それができたらどんなにか幸福かとも思った。

「三浦さん、私はアメリカで戦争の醜さ、人種間の差別というものを体験しました。日清戦争も日露戦争も傷ついたのは若者たちであり、その家族です。もしどこかで戦火が上がるようでしたら私は反対したい。それは内村先生のご遺志です」

「僕もそう思いますが、個人の力は微々たるものです」

「それで今後は？」

「僕はバリ島で小さなお店をかまえようと思っています」

「バリ島ですか。知っています、南海の楽園と呼ばれていますね」

バリ島は蘭領インドネシアにあるヒンズー教徒の暮らす小島である。三浦は海外に出て多くの辛酸をなめてきたのであろう。その終着点が南海の楽園バリ島なのかと敏事は思った。

最後の聖書研究会は厳かなうちに行われ、海外で活動してきた敏事たちに意見が求められた。敏事は三〇人ほどの参会者を前に「私はアメリカの大学病院で働き、戦争で傷ついた多くの若者を見てきました。若者は牛馬のように扱われ泥水の中で個人の尊厳も何もなく死んでいった。国家とはなにか。私は人々を幸福にする国家こそ本物だと考えます。しかし私が見たものは、殺され、もしくは手足をもぎ取られた若者たちでした。神は人を殺すことを許すはずはないのです」と話した。

敏事は高揚し頬が赤くなるのを感じた。そして「皆さんともに戦争に反対しましょう」と話を括った。

聖書研究会に参加した若者たちは拍手喝采したが、集会の陰に官憲の姿があったのを誰も気づかなかった。

「末永さん、今の発言はかなり危険だ。この集会所近辺にも怪しい人物が徘徊している。僕もアメリカにいたから君の意見には賛成だ。しかし治安維持法成立後、政治犯の摘発が続いている。お互いに気をつけましょう」

耳打ちしたのは室橋である。

「室橋さん、それは私も気づいています。でも誰かが声を上げないといけない」

「しかし、末永さんに何かがあるとあなたの妻子が大変だ」

「ありがとうございます」

二人の話を聞いていた三浦は大きくうなずいた。

＊

今福に戻って一年後、医院の生活が軌道にのると敏事は島原藩の時代から存続する地域医療の会、南高来郡医師会に参加した。高来郡医師会は月一回の割で島原町の平野屋で行われ、翌年、敏事は結核の専門医として役員の一人に推挙された。

一九三二年（昭和七年）四月、医師会の総会が行われ四八名が参加した。会は物故者への黙祷に始まり議事の大半は、役員の選出と地域医療の特性や前年度のはやり病や結核への対応についてが、主なものであった。その後研究発表と提案が行われた。研究発表は神代村の佐藤医師の「線熱についての実験」と敏事の「郡立結核診療所」提案だった。

参会者は道伯の息子であり米国帰りの新進気鋭の医師末永敏事に期待した。それに応えるように敏事は郡立結核診療所の建設の提案をした。

「末永敏事です。私は長年結核の研究をしてまいりました。今はこの地で開業していますが、結核医としてできれば郡または県と連携し郡立結核医療診療所をつくることを提案致します。私のところにも結核患者はおります。患者を自宅療養だけに任せるのではなく、専門機関としての結核医療診療所つまりサナトリウムをつくることです。皆さんご存知のように神奈川県茅ヶ崎に南湖院というサナトリウムがあり成果を上げています。結核治療には行政との連携が不可欠です。つまり我々開業医が結核患者を見つけた場合、サナトリウムと連携し患者を診るというわけです」

一同は敏事の提案に大きくうなずいた。

会長の市川が口を開いた。

「末永先生、すこぶる有益なる提案で、どなたも先生の意見に感心しています。どうでしょう。先生には結核医療の中心者になっていただき、他の医療分野についても見識が高いでしょうから、結核医療施設に限らず総合的な医療施設を考えてみては」

「それはいいかもしれません。患者はよろこびます」

「参会者の皆さん、結核はこの地においても大きな問題です。時間はかかると思いますが県、郡と掛け合って総合的な病院を目指しましょう」

市川会長の言葉に参加者全員が大きな拍手をした。

午後一時、総会が終わると簡単な宴席が設けられ、話はもっぱら総合病院設立と敏事の米国生活に終始した。参会者の多くは大島原新聞を読んでおり、南高来郡医師会の医師たちには米国帰りの敏事はまぶしく映ったのである。

　宴席が盛り上がった頃、森山医師が市川会長に近寄り耳打ちをした。市川は敏事の袖を引き、窓際から「あの木の向こうにいる黒い服の男ですが、知っていますか」と訊いた。

　敏事はカーテン越しに外を見た。見たことがあった、医院の前でたたずんでいた男である。おそらく静子が見た男と同一人物だろうと思った。

「よくわかりませんが、おそらく私が外国帰りだからでしょう。治安維持法が改正され特高が設置されたのはご存知の通りですが、外国から帰国した者も共産思想にかぶれているという前提で追いかけているそうです。私は共産主義者ではありません。アメリカの自由主義の影響は受けましたが…」

　市川は敏事の目を見るとうなずいた。

「市川先生、皆さんにはご迷惑はかけられませんから、お先においとまします」

　市川は神妙な顔で敏事の手を握ると、「末永先生の郡立結核診療所の提案は素晴らしい。ぜひやりましょう。先生はお子さんのある身ですから無理せずに…」と言うと「裏口から出たほうがいいでしょう」と付け加えた。

南高来郡医師会の医師たちは敏事に期待している、台湾と米国で研究を積み重ねた成果を郷里で生かすことができるが、迷惑はかけられないと思った。
敏事は市川に送られ裏口から外に出ると家路についた。

＊

敏事が開業する前年に定められた改正治安維持法によって全国に特別高等警察（特高）が設置されることになり、衆議院選挙では野党の選挙運動への干渉が強まり、立会演説会では警察官によって弁士の発言を止めさせる「弁士中止」の命令が連発された。そして三・一五事件が発生、全国各地の警察官を動員し日本共産党員を一斉検挙した。外国帰りの日本人や労働組合の主だった者も対象になった。

軍部の発言が強まり満州奉天市内の瀋陽駅の手前で中国の軍閥政治家・張作霖の乗った列車が爆破された。それは満州を支配しようとする関東軍の仕業だった。そして中国国民革命軍と日本人居留民保護の警備にあたる日本軍とが衝突した。一九三一年には中華民国奉天（現瀋陽）郊外の柳条湖で、関東軍が南満州鉄道線路を爆破。関東軍は中国東北部全土を占領、満州（現在の中国・瀋陽辺り）の利益を狙って事実上の日本の傀儡《かいらい》国家・満州国を建国した。大陸を支配し軍部が中国に進駐していくと、兵役にとられる若者が増えていった。男性に対して徴兵が義務付けられ、甲種合格者のほとんどが入隊した。

拡大する戦火に敏事は不安をぬぐうことができなかった。関東軍の暴走、きな臭い世相、徐々に広まる戦火、戦争は些細なことから大戦へとつながる。それは第一次世界大戦の教訓だ。そして傷つき未来に希望を見出せず命を失うのは政治家ではなく穢れない若者たちである。

敏事は何かをしないといけないと思った。戦争を微力な個人の力でとめることは無理がある。それでも反戦、非戦なら個人でも訴えることは出来る。しかし特高が見張っている現状では危険を覚悟しなくてはならなかった。

「お父さん、なにかしたの」

ある日、静子は敏事に心配顔で聞いた。

「どうした」

「花子と散歩していたら黒い服を着た人がよってきて、お前の親父のところに誰か来ているか、と聞いたのよ。目つきの悪い人でとても怖かった」

いよいよ見たことのない黒い影が近づいてきたと思った。敏事は特高だろうと思ったが、静子にはそのことは言わなかった。

「そんなことがあったのか」

敏事は静子と花子の身を心配し、もし二人に危害が及ぶようなことがあったら困ると思った。

「心配することはないさ、夕方から医師会の会合があるから行ってくる。その間戸締りをして誰も家には入れないように」

静子は敏事が外出するだけで恐怖をつのらせ、「私、東京に戻りたい」と弱音を吐いた。

敏事が医院を出ると背後に人の気配がした。振り向くと家陰にすばやく身を隠した。

＊

南高来郡医師会からの帰り道、敏事は黒ずくめの服に鳥打帽をかぶった男に呼び止められた。

「末永先生かい」

路上で鈍く光る裸電球の灯は男の顔に濃い影を作った。

「あなたは」

「だいたい察しがつくだろう、アメリカさんよ」

低いドスの効いた声はつめたく、恐怖に陥れるに十分だった。

「毎月、いい話をしているようだが、今日は何だい」

「あなたは警察の方ですか」

男は帽子のつばに手を触れたが応えようとはしなかった。

「あんた、何をしようとしているんだ」

「何を…といいますと」

敏事の声が震えていた。

「郡立結核診療所だよ。あんたがやっている」

男の目が威嚇《いかく》した。

「あれですか、あれは結核の治療のために総合的な医療機関としての施設を作る話し合いです。開業医が個人ではできない医療を行政と開業医が資金を出し合い作ろうというものです。外国にも日本にもサナトリウムという施設がある、たまたま私がそれを見てきたので私が中心になって動いてます」

「あんた、それは隠れ蓑じゃねえのか、何かの政治結社を作ってる、まちがいあるめえ」

男は天皇制や私有財産制度の否定を目指す結社などを禁じた治安維持法違反、共産党員でなくても当局がその活動に寄与するとみなすと誰でも摘発できる目的遂行罪のことを言っていた。

「我々医師は手の打ちようがない結核の蔓延を今問題にしています。それをどうにかしなくてはならない。それが我々の医者の使命です、あなたが国をよくしようとしているように我々は病気をなくそうと努力している。それをわかってもらいたい」

男は黙っていた。年のころ四〇過ぎだろうか、家に戻れば親も子もいるに違いないと敏事は思った。

男は敏事の顔を見ると、「よし、行け」といい歩き出した。

敏事は男の後姿を見て背筋に悪寒が走った。自身は外国帰りであり敵性宗教のキリスト教徒である。スパイと疑われ要注意人物として見られるのもしかたない。しかも医師の仕事は日常の生活の中で住民との接触も多く、当局から圧力がかかるのは当然かも知れないと思った。

アメリカも住みにくかったが祖国日本も住みにくくなってきた。敏事は男の尋問を受け　身辺に危険が迫っていると思った。

一九二九年（昭和四年）、特高が北海道や九州の怪しいと思われる市民を拘束しては拷問し自白を強要した。これを暴露した京都選出の衆議院議員山本宣治が、国会で政府を追及したがため刺殺された。一九三三年二月には『蟹工船』『党生活者』などのプロレタリア文学作家小林多喜二が特高に捕縛され拷問のすえ殺された。新聞には拷問された傷痕の生々しい小林の姿が掲載された。

付きまとう黒い影、捕縛、拷問そして死。敏事は恐怖におののいた。長崎でも百人以上の検挙者が出ているという。日増しに増す思想弾圧の中で静子と花子を巻き込んではならないという思いが募った。

＊

敏事は妻子を気遣い一時的に離縁し妻子を親元に戻すことを決断した。

「静子、知ってのとおり、原因はわからないが特高に狙われているようだ。外国帰りでクリスチャンだからかも知れない。お前もクリスチャンだ、お前と花子のことを考えると一時的だが私と離れ、お義父さんのところに戻った方がいいように思える。どうだろう」

突然のことに静子は目を赤くし敏事にしがみついた。

敏事は診療室に誰もいないことを確かめると、

「お義父さんは財界の要人であり迷惑をかけるわけにはいかない。私と静子、花子が縁を切れば危害はお前たちには及ばないだろう。静子、一時の辛抱だよ、いずれ世の中が変わったらお前達を迎えにいく。そうしておくれ」

静子は花子を抱え震えていた。静子の涙が花子の頬に落ちた。花子は腕の中で寝息をたてていた。

「それで、お父さんはどうするのですか」

敏事は静子の顔を見つめしばらくすると口を開いた。

「神奈川県茅ケ崎に行く。そこに長崎時代の友人が開業しているので、そこに留まり様子を見たいと思っている。私は何も悪いことはしていない。ただ米国帰りということだけでマークされているのだよ」

静子はうなずき、いずれは三人で暮らせる日が来るだろうと思った。

「静子は帰京したら自由学園に戻るといい。あすこなら悪くはしまい。私から学長とお父さんには手紙を書いておく。静子、こんなことになって本当にすまない」

涙を流す静子の腕に抱かれた花子は笑顔を振りまいた。それが悲しみを助長させた。

茅ケ崎行を決めると、敏事は南高来郡医師会の市川会長の自宅を訪ねた。

敏事が今福を去ることを告げると、市川は敏事を見つめ、「そうですか」とだけ言ったが、その目には「無念」の一文字が刻まれていた。

＊

敏事は静子と離婚し、神奈川県茅ケ崎で開業している長崎医専の同級生佐貫定男のところに転がりこんだ。

「そうか、そんな事情があったのか。末永、遠慮せずここにいていいぞ」

「悪いな。しかし君に迷惑はかけられん」

「それで、妻子はどうした」

「義父に面倒を見てもらっている」

「お前は米国に行き、俺などの手の届かない世界的な結核の権威になったと思ったが、人生はうまくいかんな。大きな声で言えんが治安維持法は悪法だ。知識人なら誰でもそのくらいは理解できる。自由の国アメリカにいたお前はなおさらだろう」

敏事はうなずくと高台にある佐貫診療所の待合室に立った。

「ところで瀬田君はどうしてる」

「彼は横須賀海軍基地で軍医をしている。茅ケ崎からは近いので時々会うがこぼしていた」

「こぼす？」

「そう」

佐貫は患者のいないことを確かめると、

「陸軍の暴走だよ。満州事変から満州国建国、そして清朝最期の皇帝溥儀の擁立と、いろいろあった。誰が見ても溥儀は傀儡だ。国際社会は見逃さない。日支事変は、明らかに日本が仕掛けた戦争で侵略だと思われている。今の日本の実権を握っているのは軍部だ。近衛首相は軍部に手も足も出ない。このままだと日本は大変なことになる」

と言った。

敏事は海を見た。波打ち際に鳥打帽に灰色の背広を着た二人の男がこちらを見ていた。敏事はやつらだと思った。

「佐貫、ここに長居はできんな。見ろ、やつらだ」

佐貫は窓辺から海岸を見下ろし無言のまま立ちつくした。

海は見るからに平和だった。

第七章

反戦主義者

かの文明の狂奔《きょうほん》を制する手綱
現代の不安と焦燥とを安定するの要素は汝にあるにあらざるか！
勝たざれば、獲ざれば已まぬ現代精神
堪忍は無事長久の基
怒は敵と思へ
勝つのみを知り負くるを知らぬ
身に害来ると教えたる
古人の歩みに劣るかな！
低けれど、小さけれど、少なく人に見られど

敏事は佐貫診療所を出る前にノートにこう記した。日本はどこに向かうのか。国際連盟を脱退し国際的に孤立し戦争に向かう日本。今自分が反戦を唱《とな》えないでだれが言うのか。敏事の心は揺れた。

一九三七年（昭和一二年）一二月、敏事は茨城県久慈郡賀美村折橋で末永内科医院を開業した。医院は佐貫の友人の医院を譲りうけたものだった。賀美村折橋は太田よ

り乗り合いバスで約一時間、人口三千人足らずの山野に囲まれた寒村である。佐貫の伝手とはいえ三浦の抱いた理想に近い農村医療と伝道が行える理想の地だった。三浦が失敗し、自身も郷里で失敗した。それでも敏事は懲《こ》りなかった。近隣に警察はなく官憲の手も及ばない場所で安堵した。

拝啓

この度、友人の伝手で内科診療に従事することになりました。不自由と困難の中にありまして「我らの国籍は天にあり」の精神を目標としてこれまで進んできましたことを深く感謝しております。今後も一層のご指導をお願いいたします。

茨城県久慈郡賀美村　末永医院

末永敏事

敏事は知人友人に開院を知らせた。

「我らの国籍は天にあり」、敏事は自由を求めていた。

一ヶ月後、南高来郡医師会の市川会長から手紙が届いた。

拝復

末永内科医院の開業おめでとうございます。

先生と総合病院設立を夢見ていましたが、かなわず残念でなりません。医師会としましては先生のご意志を引き継ぎ、サナトリウムを付帯した総合病院の設立をめざして参ります。米国の先進医療を見てきた先生を失ったことは痛手ですが、会員一同で南高来郡の医療向上のため邁進していく所存です。

先生にはご無理をせずご精進ください。

敬具

南高来郡医師会　市川民次

賀美村での診療活動は心穏やかな日々が続いた。

村での生活が一年経過したある日、賀川豊彦から手紙が届いた。賀川の手紙は、社団法人白十字会が運営する結核療養施設「白十字会保養農園」の医師就任への誘いだった。

賀川はキリスト者であり社会運動家である。自らが結核をわずらった経験からサナトリウムには人一倍の関心を寄せていた。その活動は貧民の救済活動、労働運動、農民運動に及び、キリスト者としての立場から反戦運動に参加し特高から目を付けられていた。

敏事を賀川に引き合わせたのは、茅ケ崎にある白十字会の運営する児童養護施設に医師として入っていた佐貫である。賀川が結核の専門医師を探していた時に、クリスチャンで優秀な結核医がいると紹介したのが佐貫であった。

「白十字会保養農園」は茨城県鹿島郡軽野村にあり結核患者の予防・治療・療養にあたる施設、いわゆるサナトリウムである。患者は百三十名、職員五十余名の大規模な施設であり、今福で結核療養施設建設を考えていた敏事にとっては申し分ない誘いであった。

白十字会保養農園には研究施設はないが、患者と直接対話ができる実験所のようであり実に穏やかな日々が続いた。

敏事は午前中、患者を診察し午後は巡回診察を他の医師と交替で行い、余暇は農園で野菜をつくった。この十年間自然と戯れる穏やかな生活はなかっただけに楽しかった。

「どうです、末永先生、お疲れでしょう。お茶でもどうですか」

保養農園前の芝生に燦燦《さんさん》と太陽がふりそそぎ木々が揺れている。清涼な空気、都会の雑踏から離れた農園は結核療養には最適であった。

「ありがとうございます。ここはいいところですね。サナトリウムとしては最高です」

「松本先生もどうですか」

通りかかった松本医師に園長の花井が声をかけた。

「松本先生は内科がご専門でしたね。どうですか、ここの居心地は」

「僕は東京からですが、まるで天国のようですよ」

「天国ですか」

三人は顔を合わせ笑った。

「末永先生は、賀川豊彦先生の紹介でいらしたと聞きましたが」

「ええ、でも賀川先生には一、二度お会いしただけで、実際は友人が世話をしてくれました、松本先生は？」

「僕は御茶ノ水にある教会の神父さんからお話をいただきました」

「そうですか、すると皆クリスチャンということですね」

「末永先生、ここは白十字会が運営しています。もともとはクリスチャンの医師らが結核医療のためにつくった施設です。ですから皆クリスチャンですよ」

と花井は笑った。

「それは不勉強で申し訳ございません」

「賀川先生が末永先生は世界的な結核の権威で、世が世ならば世界で活躍しているはずだとおっしゃっていました」

「花井園長、それはほめすぎですよ。確かに私はアメリカで学びましたが……」

「末永先生、ここだけの話ですが、賀川先生が代表をしている全国非戦同盟では、戦争と軍備、帝国主義による侵略を危惧されています。これは簡単に言えば政府のいや軍部といったほうがいいのかな、対中国政策への危惧です」

「花井園長の言っていることはよくわかります。お亡くなりになった内村鑑三先生もそうですが、私の父も非戦論者でした」

二人の話を聞いていた松本は眉根をよせ、

「我々クリスチャンはこれからどう対応したらいいのでしょう」

と言うと、三人は口をつぐんだ。

上空を数機の赤い複葉機が編隊を組んで東の空に飛んでいった。

「あれは赤とんぼと呼ばれる練習機ですね」

「土浦の海軍航空隊から飛んできています。おそらく予科練の飛行兵たちが大陸へ行く訓練をしているのでしょう」

赤い編隊は真っ青な空を自在に飛んでいた。

一九三七年（昭和一二年）、支那事変後の大陸では日中戦争がはじまり、近衛文麿内閣は戦争体制のもとで国民をいつでも召集できるよう国家総動員法を施行した。

「松本先生、国家の統制が強くなり、やりにくい世の中になってきましたね」

松本はうなずくと、

「末永先生、園内では大丈夫だと思いますが、どこで誰が聞いているかわかりません。反体制的な発言はお互いに気をつけましょう」

と言った。

「もちろんわかっています」

白十字会保育農園に来てから黒い影は感じなくなっていた。敏事が都市部から田舎へと居を移したことによるものなのか、それとも洋行帰りに興味がなくなったのか。敏事より大物がいるせいなのか、いずれにしろ音沙汰がないのは不気味だった。

「末永先生、軍機保護法が改正されたのを知っていますね。これは出版、旅行、撮影などすべてを制限するものです。つまり我々庶民の生活を圧迫するものです」

松本は言うと周囲を見渡した。

「国民統制の強化です。拡大解釈すればうっかりしたことを言えないということですね」

「末永先生も僕もクリスチャンです。神に誓い善は善、悪は悪といいたいが…、これからはどうでしょう」

松本医師の言っていることはもっともだが、敏事はどこまで信念を貫けるか自信がなかった。


国家総動員法によって政府は国民を徴用し国民の職業を把握できるようになった。これを受け国民徴用令と国民職業能力申告令が公布された。国家の危機と大義名分を掲げられると国民は、政府、軍部に従うのが当然という風潮になり戦時体制にしたがっていった。宗教界も例外ではなく、マスコミもこれをあおった。

敏事は懸念した。戦争は地獄であり、第一次世界大戦の惨状を見れば不毛としか思えなかった。

一九三八年（昭和一三年）、医療関係者職業能力申告令が出され、医師、歯科医師、

薬剤師、看護婦が対象となり、その後国民職業能力申告令が出され、戦時における専門職はすべて国に把握された。とりわけ戦時における医師の需要は高く、氏名、性別、専門分野、学歴、職歴などを地方長官（知事）に申告することが義務づけられた。特に敏事のような結核専門医は注視された。というのも軍隊において結核は重大な病の一つだったからである。兵舎での集団生活は結核の蔓延を意味していた。

＊

ある日、白十字会保育農園に医療関係者職業能力申告令が送ってきた。

「末永先生、大変なものが送られてきました。いよいよ始まりましたね。これで何時戦地にもっていかれるかわかりません」

花井は茶封筒から書類を取り出すと敏事と松本に渡した。

敏事は書類を受け取ると「花井園長、この調査は看護婦も薬剤師もすべて対象ですね」

と訊いた。

「そうです。他の職員には私が説明します。三日後には地方長官に提出するので書いておいてください」

　自室に戻ると敏事は書類を見つめしばらく呆然《ぼうぜん》としていた。

　国民職業能力申告令は、国家総動員法第二一条の規定に基づく国民の職業能力申告及びその職業能力を検査するもので、一六歳から五〇歳までの男子国民が申告しなければならなかった。またいくつかの規定があり現住地で引き続き三カ月以上、厚生大臣の指定する職業に従事している者、引き続き一年以上従事した者で、退職後五年未満の者、厚生大臣の指定する大学、専門学校、実業学校、その他これに準ずる各種学校で厚生大臣の指定する学科を履修し卒業した者、技能者養成施設において所定の課程を修了した者、検定または試験に合格した者や厚生大臣の指定する免許を受けた者、その他厚生大臣の指定する者などと細かく記されていた。そして記入項目として氏名、生年月日、本籍、居住地、兵役関係、学歴、職業名、就業場所など一六項目があった。

　園内食堂に職員全員が集められた。口を開く者はいなかった。沈黙が支配した。

「いやな時代になりましたな」

花井がぽつりと言った。

「園長、クリスチャンとして我々はこれからどうすれば…」

若い看護婦が訊いた。

「美佐江さん、我々にはひとつだけやるべきことがあります、それは患者と向き合うことです。それしかありません。仮に戦争に反対したとします。考えて見なさい、おそらく皆さんの家族もいやな思いをするはずです」

また沈黙が続いた。


敏事は自室に戻ると机の上に書類を置いた。どうしても解せなかった、国体というが誰のために戦争をしているのだ、不幸になるのは名もない無告の民だと思った。

窓の外をみた。強い風が木々を揺らしていた。

敏事はペンをとると氏名、性別、専門分野、学歴、職歴と書いていった。今更ながら自身の半生は波乱に満ちているように思えた。備考欄があった。敏事の筆は走った。


個人的な私の意見。

医師職業能力申告について私の立場を申し上げます。私は療養所勤務の医師として入所してきた患者を治療し必要書類を作成する義務を有しています。私は反戦主義者であり軍務を拒絶することを通告申し上げます。

書き終えると敏事は胸騒ぎを覚えた。どうにもならない巨大な化物と対峙《たいじ》しているように思えた。権力に対する自身の挑戦とも思えたが、その憤りをどこにぶつけていいのかわからなかった。

敏事の書いた「個人的な私の意見」は極めて危険であり、治安維持法あるいは造言飛語罪にてらせば官憲が敏事を拘束するに十分な内容だった。しかし敏事は訂正することもなく、翌日封を閉じ書類を花井に渡した。

「末永先生、中身は見ませんがこれでいいですね」

花井は念を押し中身の確認はしなかった。米国帰りの結核の権威の書類を点検すること自体が失礼だと思った。

「大丈夫ですよ。型どおりに書いておきました」

「そうですか、末永先生は結核の権威ですから軍部も放っておかないでしょう」

敏事は花井の言葉に一抹の不安を感じた。

茨城県東海村には除役結核軍人療養施設がある、当局が書類を読み農園から軍人療養施設に移されることも十分考えられた。今いる白十字会が経営している農園は職員の多くがクリスチャンである。世相が悪くなったとはいえ、人権を尊重し神を仰ぐ姿勢と自由があった。

静子の手紙

お父さんお元気ですか。

私は自由学園で洋裁を教え学園の皆様には大変よくしてもらっています。

過日、佐貫先生がこちらに見えあなたのことを心配していました。あなたが白十字会保育農園にお移りになった後も、佐貫先生の所に警察が来てあなたのことを聞いていったそうです。あなたの思想信条からすると現体制に不満を抱くのはわかります。こんな事を書くのも封筒が警察によって開封されるのではないかと心配しています。

私は花子のことを考え、またあなたの立場を考え、父に相談をしました。

幼い花子を残して行くことは慙愧《ざんき》に耐えませんが、花子を父母に託しフランスに行くことに決めました。私も内村先生のところで長年学び先生の思想やあなたのこともよく理解しています。あなたに今更戦争に反対するなということは無理だということもわかっています。

フランスを選んだのは父の助言があったからです。幼い頃、家族でパリに滞在したことがあり、また私の専門の洋裁の本場だからです。

私はフランスで沢山のものを観て、何かをつかみ洋裁の専門家として自立し、帰国後は日本の社会に役立ちたいと思います。

私の望むものはただ一つ、真に価値のあるものを見いだすことです。それは戦争では見出すことができません。どうか私に知恵と力をお与えください。

できればあなたにお会いしてから日本を離れたかったのですが、それも危険なことだと感じています。

花子のことをお願いいたします。父はいつでも迎えてくれます。

お体十分に自愛ください。

親愛なるお父さんへ。

静子

今日本は確実に戦争に向かっている。外国生活が長かった静子にとっても日本は暮らしづらいのであろう。敏事は手紙を固く握りしめた。

米国から帰り内村先生に心酔し、反戦を唱え、黒い影につきまとわれたことも疑いのない事実である。敏事だけでなく静子も怖い思いをしていたに違いない。もし特高につかまれば静子も何らかの影響を受けるだろう。静子は外国生活の中で広い視野を身につけた。理由はどうであれフランス行きは最良の選択肢と思えた。

＊

一九三八年一〇月六日、白十字会保育農園の周辺の木々が色づきはじめ青い空が天空を覆っていた。朝一〇時、爆音を響かせ黒塗りの車と憲兵の乗るサイドカーが静寂を破った。

花井園長が事務所の窓から外をのぞくと黒い服に鳥打帽をかぶった二人の男が車から降り、サイドカーに乗った憲兵が降りて事務所前に銃を持ち立った。

「何事でしょう、園長」

カルテの整理をしていた松本が窓からのぞいた。

「わかりません。とりあえず迎えましょう」

花井はそう言うと、そそくさと玄関に走っていった。

鳥打帽の男が「ここに末永という医者はいるか」と訊いた。

花井はドスの効いた男の声に後ずさりした。

「茨城県警の富沢だ。末永に治安維持法違反が出ている」

「治安維持法？」

花井は口ごもると何がいけなかったのだろうかと思った。数日前、末永を交えて反戦を討論したことがあった、とすると自身も危ないと危惧した。事務室に招き入れると末永を呼んだ。

「今、来ると思います。少々お待ちください」

富沢は事務所に入り周囲を物色した。

そして「ここはアメリカと通じてるのか」と聞いた。

事務職と居合わせた看護婦は恐怖におののき首を横に振った。

「刑事さん、ここは結核患者などが療養する施設で、おっしゃるようなことは一切ございません」

青ざめた花井の顔が事の重大さを物語っていた。

敏事が事務室に来ると、富沢は「お前が末永か」といい腕をつかんだ。

「何をする、横暴だぞ」

敏事は富沢を鋭い目でにらみつけた。

「末永さん…」

花井の口からもれた。

「末永あきらめろ、治安維持法違反だ！」

「治安維持法？」

「心当たりがあるだろう」

「心当たり!?　私は単なる反戦主義者であり治安維持法に違反した覚えはない。戦争は尊い命をたくさん奪った。だから戦争に反対している、ただそれだけのことです」

富沢は反論せず敏事の手首に縄を巻きつけた。


敏事はついに来るときが来たと思った。彼らは外国帰りの敏事を拘束したかったのだ。その決定的な口実を与えてしまった。それは医師職業能力申告書に書いた反戦の記述にちがいなかった。自分は警察に連行されるような悪いことは何もしていない、ただ自分の心情を書いただけなのだ。なにが悪い。時代のせいか、いや国全体がおかしいと敏事は思った。

富沢は敏事の腕をつかむと外に連れ出し強引に車に乗せた。

＊

茨城県警察特高課に連行された敏事は、三日間留置された後富沢に呼び出された。狭く暗い部屋だった。天井から吊り下げられた裸電球が隙間風に揺れた。

「末永、座れ」

敏事は富沢の言うままに椅子に座った。

「末永、お前の容疑はこれだ」

富沢は乱暴に白い紙を机上に投げた。それは敏事の書いた医師職業能力申告書だった。

「私は反戦主義者であり軍務を拒絶することを通告申し上げます。だとよ、先生よ、今のご時世を何だと考えている。反戦主義者か、よくいうぜ」

富沢はにくにくしげに言った。

敏事は黙秘した。

「末永、今まで何人もの不逞の輩を捕まえてきたが、あんたみたいな馬鹿ははじめてだ。自分で反戦主義者だと書き送ってくる奴がいるか、なぜそんなことをした、博士ともあろうお人が…」

富永の口調は逮捕時と違い柔らかだった。

敏事は応えなかった。

「末永先生聞いたよ。あんた世界的な結核の権威なんだってな。俺には難しいことはわからんが、もったいねえな、こんなことになってよ」

富沢はどこで調べたのか敏事の経歴を把握していた。


留置所に戻ると敏事はあまりに簡単な取り調べに拍子抜けした。特高に捕縛され拷問の末殺された小林多喜二のようになるのではないかと思っていた。拷問された傷痕の生々しい多喜二の体が脳裏に浮かんだ。有無を言わせぬ捕縛、拷問そして死、敏事は自身の運命をそう予感していたのだ。

それから一週間経過しても何の音沙汰もなく一〇日後再び呼び出された。

「末永、今日は特高部長がお前に聞きたいことがあるそうだ」

富沢が言うと同時に扉が開かれ、紺色の背広にネクタイをし、髪を七三に分けた長身の男が入ってきた。

男は腰掛けるように促した。

「末永博士、部長の下井です。先生のことは東京帝大からの資料で分かっている。一つだけ言っておきたい。先生の書いた反戦主義者であり軍務を拒否するということは、不敬罪あるいは造言飛語罪にあたるかもしれん。先生のように自ら宣言するお人を私は初めて見た。どうだね、取り下げては。我々は結核の医者を必要としている」

下井の穏やかな口調はかえって恐怖を助長させた。これからとんでもない拷問が待っているようにさえ感じたのだった。

「博士は七月二三日、賀川豊彦の紹介で白十字会保育農園に医師として入り結核患者の診察をしている。また今までに支那事変などに対し不穏な言動をたびたびした。無教会主義キリスト者は皆そのようだが、知ってのとおり国家総動員法が施行され、日本が戦時体制に入っている時、困るんだよ、先生」

下井は穏やかな口調だったが、時たま見せる冷徹な目が特高を象徴しているように感じた。下井は敏事の身辺調査に徹していた。敏事は黙秘を続けた。

取調べが終わると富沢に連れられ留置所に戻された。鍵をかけながら富沢が言った。

「先生、俺は先生を尊敬しているよ。だってそうだろう、結核を治せる先生はどこにもいやしない。先生は馬鹿だよ。先生の医師職業能力申告書を見たが、馬鹿正直とはあんたのことだよ」

敏事は鉄格子の向こうの富沢を見た。

「あんたはこの辺の出身かい」

敏事の問いかけに富沢は、

「この山の向こうが俺の故郷。百姓の息子だ。七人兄弟の四番目、兄貴二人は兵隊にとられ中国に行っている。学がねえから万年一等兵だってよ。姉貴は売られた。俺は兵隊よりいいだろうと思って特高に志願したのさ。特高っていったって下っ端の下っ端で誰も俺が特高だなんて認めはしねえ」

そういうと富沢は寂しそうな顔をした。

「そうすると二人の兄さんは満州かね」

富沢は頷いた。

「あれは侵略戦争だよ」

敏事が言ったが真意が伝わったかどうかわからなかった。

一二月に入ると寒さが増してきた。一〇畳ほどの留置場は火の気がなく敏事は与えられた毛布に包《くる》まり寒さに耐えた。

数日後、富沢に連れられ取調室に行くと軍服姿の将校が待っていた。肩章で大尉とわかった。

「あなたが米国帰りの結核医末永医師ですな。今日は面白い医師がいるとのことで柿沼が面会に来た」

柿沼は職業軍人でそれなりの教育は受けているようだった。

「末永医師、どうだろう。あなたが医師職業能力申告書に書いたことはなかったことにしよう。その代わり東海村にある除役結核軍人療養施設の医師に就任してもらいたいのだが、それでどうだろう」

「除役結核軍人療養施設ですか？」

「そうです。この施設は昭和一〇年に開設され通称村松清風荘と呼ばれている。将兵の結核治療専門の施設だ」

「ということは除隊した兵の結核専門医療施設ということですね」

「先生は外国で学んだ結核専門医と聞いています。どうでしょう、結核研究にはもってこいだと思うのだが…」

軍が結核医を必要としていることは敏事には十分過ぎるほど理解できた。しかし除隊した兵士といえども軍の施設であり彼らを診ることは軍務であり軍に協力することになる、敏事の心は揺れた。

なぜか敏事は頑なだった。ただ患者を診ることに徹すれば問題はないのだが…。そのとき父・道伯の声が聞こえた。「敏事よ、柔軟に生きろ」。なぜ父はそのようなことをおっしゃるのだ。「お父さん」と言おうとすると声は消えた。敏事の心はさらに揺れた
「柿沼大尉、考えておきましょう」

敏事は淡々と答えた。

「博士、実は私も駐在武官でサンフランシスコにいたことがある」

敏事は驚き、柿沢の顔を見た。

「アメリカに！」

柿沼は頷いた。

「それならアメリカの民主主義をご存じのはずだ。少なくとも日本よりは開かれた社会だ」

柿沼は困惑した顔で、

「博士、私は軍人です」

と言って富沢を見た。

柿沢はそれ以上言わなかったが、敏事はこの人なら日本の現状がわかるのではないかと思った。

大尉が帰ったあと、富沢は、

「先生、いい話じゃないですか」

と言ったが、敏事は黙し留置所に戻った。


一九三九年（昭和一四年）一月、茨城県特高は、敏事を陸海軍刑法違反（造言飛語罪）ならびに不敬罪で送検し、家宅捜査を行い敏事の書き残したメモを発見した。

メモには〈権能を持ち過ぎる天皇を無闇に尊重し国家の主権を軽んじ〉〈憲法をやめてしまって昔の専制君主にでもして天皇陛下が赤ちゃんだろうとお爺様になられようとただ天皇陛下の仰せをご無理ご尤もとやっていれば宜しい〉と書いてあったというのだが、敏事にはこのメモ書きを残した記憶はなかった。

結局、当局はこれを不敬罪にあたるとし、申告書に書いた「反戦主義者であり軍務を拒絶する」は、陸海軍刑法違反であると断定した。

二月になると、なぜか起訴容疑から不敬罪は消え、陸海軍刑法違反だけになった。

どうみても敏事が書いた医師職業能力申告書の文面だけでは不敬罪は不釣合いであ

り、組織の壊滅を目的とした治安維持法も個人の事件に当てはめるには無理があった。また敏事が書いたというメモも公開されることはなく官憲による捏造と思われた。

三月に敏事の刑事裁判は水戸区裁判所で行われ、陸海軍刑法違反として禁固三ヶ月が言い渡された。が、治安維持法に抵触するような言動があったわけでもなく、申告書に反戦と書き除役結核軍人療養施設の医師になることを拒否しただけであり、検察としては勅令違反を用いざるを得なかったといえる。

しかしこれを機に敏事は内務省が作成した特別要視察人名簿に載り、特別高等警察に監視されることになる。特別要視察人は、「その思想行動不穏過激」であり、「治安を害する虞《おそれ》あり」とされた。

禁固三ヶ月のはずの収監はいつ止むとも知れず、監房の窓の外には雪がちらついていた。

「末永、面会人だ」

それまで面会人といえば白十字会保育農園の花井園長か松本医師と決まっていたが、面会室に行くと思わぬ人物が待っていた。幸太郎と和歌子である。

「幸太郎、どうしてここがわかった」

「佐貫さんの診療所を訊ねたら、ここにいることを教えてくれたので和歌子さんを誘った」

和歌子は幸太郎の後ろに立ち敏事を悲しそうに見つめていたが、しだいに目が充血し涙を流した。

三人は見つめ合いしばらく黙っていた。

「どうしてこんなことに」

幸太郎が聞くと敏事は苦笑いをし、

「正直すぎた」

と言って笑った。

「正直？」

「そう、職業能力申告書に反戦と書いた」

幸太郎は驚きもせず、

「そうか、お前らしいな」

と言った。

「陸海軍刑法違反で禁固三ヶ月を食らった。だがなかなか出してもらえない」

二人の話を富沢は傍らの机でメモしていた。

「陸海軍刑法違反の変わりに除役結核軍人療養施設の結核医を提示された。だがそれも断った」

「なぜそれを受けない。受ければもう出られていたはずだ。退役兵の結核治療ならなんら問題ないではないか」

「幸太郎の言っていることはわかる。しかしそこだよ問題は。徴兵され結核に感染した一兵卒は除隊後家に戻される。除役結核軍人療養施設の兵士の多くは職業軍人だと聞いている。その兵士を診ることは間接的に戦争に加担しているように思えるのだ」

「お前は相変わらず厄介なやつだな」

幸太郎が言うと敏事は苦笑し和歌子は悲しそうな顔をした。

「敏ちゃん、割り切ることだ。病人を診ると割り切れば問題はないはずだ」

敏事は眉根を寄せ幸太郎と和歌子を見た。

三人はしばらく黙っていた。

「末永、時間だ」

富沢が面会時間の終わったことを告げた。

その間、和歌子は一言も発しなかった。

官房に戻る途中富沢は「お前は馬鹿だな」と言った。

数日後、和歌子から検閲済の手紙が届いた。

和歌子の手紙
先日は面会できたことを大変うれしく思いました。

あなたはいつも身勝手なのですね。

私は長い間米国からの帰りを待っていましたが、私の元に帰る事はありませんでした。私はむずかしいことはわかりません。なぜあなたはいつも頑なに真理だけを通すのでしょうか。結核医として優れた経歴を持ちながらそれを生かしきれないようにしか、私には思えてなりません。

この間はあなたとお話をすることができませんでしたが、夫は満州で病のため亡くなり、私は父の手伝いをしながら東京で暮らしています。

どうして軍結核施設の医師を受けないのでしょうか。結核をわずらい床に伏している人たちは皆同じ人間です。軍が結核医をのどから手が出るほどに欲しがっていることは幸太郎さんから伺いました。

出て来られる日を心からお待ちしております。

いつもあなたには待たされるばかりですね。

お体をご自愛し、お会いできる日をお待ちしております。

和歌子

*

水戸刑務所の正門に植えられた桜の花が風に舞っていた。

富沢が敏事の耳元で不思議なことを言った。

「末永、お前は常に監視されているから気をつけろ」

そして富沢は敏事の肩をたたくと刑務所の扉を開けた。

春光がまぶしく清涼な空気が鼻孔をついた。

「末永、恋人が待っているぞ」

富沢は微笑みながら言った。

富沢は敏事を拷問することもなく常に敏事を心配しているようだった。なぜなのだろうか、敏事が結核医だからだろうか。一度だけ彼の生い立ちを聞いたことがあった。貧農の七人兄弟に生まれ、兄二人は戦争にとられ姉は売られたと聞いた。富沢は貧しいがゆえに警察に入り特高を選んだとも言った。

「末永、迎えだ」

そういうと富沢は扉を開けながら「いい人生を歩め、必ずいいことがある」と言った。

敏事はわからないことが多かった、特高の富沢がなぜ刑務所にいたのだろうか。彼は特高としての任務があるはずだった。

塀脇の桜の大木の下にいた和服姿の女性が深く頭を下げたとたん周囲が明るく見えた。

美しいと思った。そこに立っていたのは満面の笑みをたたえた和歌子だった。

「お帰りなさい」

和歌子は人がいないことを確かめると敏事に抱きつき、

「敏ちゃん、今度はどこにも行かないで」

と泣いた。

「幸太郎は？」

「一人で迎えに行けって言ったの。向こうで待ってる」

桜の花が二人を祝福するかのように降りそそいでいた。

一九三九年（昭和一四年）特高月報に記録された末永敏事の罪状。

宗教犯罪その他の不正行為の取り締まり状況―末永敏事は明治三六年頃青山学院中等科在学中基督教に入信し、以来無教会派故内村鑑三の指導を受け今日まで信仰を続けている。昨年七月二三日賀川豊彦の紹介により白十字会保育農園に入り勤務した頑強なる反戦思想家である。かねてより支那事変などに関し不穏の言動あるのみならず、昨年一〇月四日付茨城県知事宛医療関係者の職業能力申告に「拙者が反戦主義なること及び軍務を拒絶する云々」の通告を郵送するをもって行う。茨城県当局は同年一〇月六日、本人を陸海軍刑法違反の容疑により検挙。其の後の調べにより白十字会保育農園の医師だった本人は、保育農園長や職員の前で「支那事変は支那からし掛けられたのではなく、日本から仕掛けた侵略戦争である。現在日本の政治の実権は軍部が握っている。近衛首相は軍部に乗せられている。その現われが支那事変である。支那事変の当局発表新聞記事、戦争ニュースは虚偽の報道である。報道された戦死者の状況は戦争目的のための虚報で実際の戦死者はそれ以上である。今度の戦争は東洋平和のためといっているが事実は侵略戦争である。戦争は御神意に反することであるから戦争に賛成することは、日本が滅びることに賛成するようなものだ。―以上が罪状である。

＊

敏事は東京に戻ると神山宗達が持つ横浜の倉庫に身を潜めた。

日中は倉庫にこもり、ガス灯がともると敏事は倉庫を出て、赤レンガ造りの倉庫周辺を散歩した。ガス灯、行き交う外国航路の大型船、その間をアメンボウのように泳ぐ小さな舟、その幻想的とも思える光景に敏事はつかの間であるが心を癒された。

埠頭に横たわる大型船から明かりがこぼれている、大志を抱きかつて台湾へそしてアメリカに渡ったことが思い出された。あの時、和歌子も幸太郎もいた。そして大勢の人々に祝福され旅立った。それが昨日のように思い出された。

来る日も来る日も、敏事は桟橋に座り海を見つめていた。

「敏事さん、またここにいらしたの」

和歌子がガス灯に照らされ近づいた。

「和歌子さん、僕は大丈夫だから」

朝夕、倉庫に顔を出し甲斐甲斐しく敏事の面倒をみる和歌子だった。

「大丈夫、心配しないで」

敏事は和歌子への飛び火を心配した。

二人は埠頭に座りいつまでも海を見つめていた。

敏事は若き日の夢と希望にあふれていたときを思い出した。時代に迎合せずに生きて父・道伯の教えを守ろう。〈義を見て為（せ）ざるは勇なきなり〉、父の好きな言葉だった。自身の信念にそって生きようと思った。

支那事変以降の戦争は間違いなく日本が仕掛けたものである。二・二・六事件後、軍事色が強まっている。もし米国と戦争を交えるようなことがあれば敗けるに違いない。米国の資源と工業力は日本と比較にならない。そのことはアメリカに住んだ者なら誰でも知っている。

二人がたたずむ赤レンガ倉庫の影に二人の男が監視していた。特高である。

ある日、和歌子が「敏事さん、お父さんの友人が結核で苦しんでいるの。一度診て欲しい」と言った。

神山宗達の友人は銀座で呉服屋を営む商人で正木忠勝といい、自宅は東京池袋にあった。池袋駅を東に向かうと根津山と呼ばれる雑木林の茂る小さな丘があり、その前に立派な数奇屋造の門があった。門をくぐり玄関に入ると、使用人に奥に入るよう案内された。正木は離れに寝ていたが顔色はいいように見えた。

「あなたが結核医の末永先生ですか」

正木は看護婦に起こされ布団に座った。

敏事は鞄から聴診器を取り出すと「拝見いたしましょう、胸をお開きください」と言った。

聴診器からは異常を感じるような音は聞き取れなかった。

「どうですか」

「はい、特に異常は感じませんが、血痰検査はされていますか」

「東京帝大でやり、結核と診断されました」

「そうですか。できれば軽井沢のような空気の清浄なところで療養するのがいいかと思われます」

正木は「もちろんわかっています」と笑った。

「末永先生、神山宗達さんから先生のことは伺っています。どうでしょう。戦争はそう長いこと続かないでしょうから、一時《いっとき》満州の結核医療施設に行かれたら」

「満州ですか？」

どうやら宗達の計らいのようだった。

「そうです。王道楽土と呼ばれる満州です。一度お考えになったらどうでしょう。官憲の方なら私がどうにかします。満州国の元首はご存知のように愛新覚羅溥儀《あいしんかくらふぎ》ですが、日本が支配していることは知ってのとおりです。奉天にいる私の母校の後輩が満州国に総合医療施設をつくろうとしています。満州に渡った開拓移民の方々は懸命に働いていますが、あすこにはよい医療施設がありません。その上満州の気候は厳しい。例えばハルピンの緯度は北海道の稚内より北にあり新京は札幌よりも北にあります。気温は平均して冬はマイナス一五度以下で北の黒龍江《こくりゆうこう》や松花江《しょうかこう》は、川が冬の間半年近く凍ります。そこにいる開拓民が何より欲しているのが医療施設と医者です。もちろんあなたが反戦論者で医師職業能力申告書に異論を唱え陸海軍刑法違反に問われ収監されたことは、ある筋からの報告を受け知っています。先生が今までこうしていられたのも、あなたが結核の世界的な権威だからですよ。しかし今後は情勢が変わってくる。もし日本が米国と戦火を交えればあなたを当局はそうは寛大には扱わない。どうでしょう、少し大人になっては。きれいごとだけでは生きてはいけない」

　正木の眼光は病人とは思えないほど鋭く敏事は後ずさりした。

　そんな正木に敏事は質問をぶつけた。

「正木さん、一つだけお聞きしたいのですが」

「なんだね、何でも言ってみたまえ」

　正木の目が怖いほどに光った。

「どうして私を?」

「聞きたいかね、訳を」

「はい」

　敏事は正木の顔を見た。

「じつは私も若い頃長い間アメリカにいたのです」

　敏事はあっと声を出しそうになった。奉天行きの提案は敏事を心配した宗達の入り知恵にちがいなかったが、正木はアメリカの民主主義を体験していたのだ。だから宗達の話を聞いた時にどうにかしたいと思ったにちがいなかった。

　満州国は関東軍の影響下にあり愛新覚羅溥儀は傀儡《かいらい》である。敏事が官憲に追われているのをわかりきった上で正木は、敏事の逃げ場として王道楽土と呼ばれる満州を薦めている。多くの日本人が医者を必要としていることは痛いほどわかった。しかし満州は所詮奪った土地である。戦争はそう「長くは続くまい。それまでの辛抱と思えば正木の提案を受けてもいいのかもしれないと、敏事は思った。

「末永先生、時には世の中をうまく泳ぐことも必要だ。将来必ず君が望むような時代が来る」

そういうと正木は看護婦に支えられ体を横たえた。

正木の言葉が気になった。〈少し大人になれ、きれいごとだけでは生きてはいけない、世の中をうまく泳げ〉。しかし信念を曲げてまで生きる必要があるのだろうか。満州には関東軍がいる。結核医療施設にいけば開拓民だけでなく軍人も診なくてはいけないだろう。

別室で待っていた和歌子は、

「満州のお話だったでしょう」

と微笑んだ。

「正木さんはすごい人だ。でも僕はすぐに満州に行く気にはなれない」

正木の家を出ると小粒の雨が頬にあたった。和歌子は傘を広げると敏事に入るように促した。

「私、長い間こういうふうになることを夢見ていたの」

和歌子は嬉しそうに敏事の袂《たもと》を握った。

「私、敏事さんとだったら満州に行ってもいいわ」

雨の中、和歌子の頬が紅潮したが敏事は気づかなかった。雨はふたりの肩をぬらし激しくなると二人は一つになった。

敏事は悩んだ末、数日後宗達に満州行を告げた。あれほど頑なに軍に協力することを拒んでいた敏事だったが、満州開拓団の人たちを診ることは除役結核軍人療養施設とはちがうと自身に言い聞かせた。敏事は開拓団を、王道楽土を夢見た無告の民と結論づけたのである。


一九四一年（昭和一六年）一一月下旬、敏事は博多から満州に渡ろうと故郷今福に戻った。

長崎で出迎えたのは銀二と佳代だった。

「敏ちゃんのことはいろいろ聞いている。無理をするな、いずれ戦争が終わり新しい時代が来る。その時はまた有馬川で魚を捕ろう」

銀二は言うと左右を見て警戒した。

「そうだな」

「お兄ちゃん、博多には見送りに行くから……」

「満州へは博多からか」

「そのつもりだ。ありがとう」

＊

今福に帰り両親の墓参をすると、敏事は長崎に戻り宗達の家に宿泊した。次の日、和歌子も東京から戻った。

一二月に入ると東シナ海から季節風が吹き寒さが増した。

敏事と和歌子は縁側の籐椅子に座り、冬の太陽の下でお茶を飲んでいた。

「敏事さん何年ぶりでしょう。このようにのんびりできるのは」

敏事は長崎中学に通う頃のことを思い出していた。まだ和歌子は女学生で頬を赤く染めた初々しい乙女だった。もし和歌子と結ばれていたらどんな人生を送ったのだろうか。〈もし〉は人生にはつきものだが、医学をあきらめ宗達の後を継いでいたなら人生は大きく変わっていたに違いなかった。

「あの頃もよく敏事さんとここでお話をしたわ」

「そうだね。あの頃は楽しかった」

「敏事さんは私をふって医学に恋したのよ」

「医学に恋か、いいことをいうね」

あたりが急に騒がしくなった。

「和歌子さん、敏事さん、ラジオで臨時ニュースをやっています」

お手伝いが二人に叫んだ。


〈臨時ニュースを申し上げます　臨時ニュースを申し上げます　大本営陸海軍部一二月八日午前六時発表　帝国陸海軍は本八日未明西太平洋においてアメリカ・イギリス軍と戦闘状態に入れり〉


敏事の顔が蒼白になった。体を震わせ立ち上がると「なんだって馬鹿なことを。だめだ、アメリカとやっては敗ける！　だめだ、絶対だめだ」と叫ぶように言った。

敏事は拳を強く握り体を震わせ、「行って来る」と言った。

「敏事さんどうしたの、どうしたのよ」

和歌子は何事が起きたかわからず、おろおろするばかりだった。

敏事は鬼のような形相をして玄関を出た。往来の商店の前には人だかりができ、日米開戦の話題で湧いていたが、それを尻目に急ぎ足で長崎日日新聞社に向かった。

日日新聞の玄関両脇に銃剣をつけた警備兵が立ち、敏事が社屋に入ろうとすると銃を敏事の胸にあて制止した。

「なにようか」

「社主に会いたい」

「貴様は」

「末永敏事という町医者です」

「町医者が何ようだ」

「さきほどあった臨時ニュースのことで一言申し上げたくて参りました」

「臨時ニュースだと」

「そうです。日米開戦はまちがっている」

二人の兵士は顔を見合わせると「おまえこのご時世に何だと思っている。国賊め」

といって銃床でこづき足蹴りにした。敏事は地面にたたきつけられた。

一九二五年に制定された治安維持法は「国体の変革を試みる結社に限定される」として一般国民には関係ないとしていたが、拡大解釈され国民誰にでも適応できるようになっていた。長崎も例外ではなく「地区諜報謀略演習」の準備が進み、戦時下での敵国の防諜が熾烈化するにつれ、諜報のほかにも放火、破壊、思想謀略などが対象とされ日米開戦にいたるころは思想監視がさらに強化された。

敏事は憔悴しきった顔で宗達の家に戻った。

「どこにいらしてたの、顔にあざがあるわ」

和歌子が声をかけたが「日米開戦はまちがっている。とんでもないことになった」と言った。

その後、敏事は部屋にこもり出てこなかった。

その日の夕方、灰色の背広と黒い背広を着た男が神山家の玄関に立った。男は警察手帳を懐から出すと「末永先生をお願いしたい」と言った。応対した和歌子の足は震えた。男たちのいでたちが特高のように見えたからである。

敏事が玄関先に出ると男たちは「来い！」と言って敏事を羽交い締めにし、外に連れ出した。

「何をする！」

敏事は抗議したが、男たちは外で待っていた黒塗りの乗用車に敏事を押し込むと車を走らせた。

振り向くと路上に和歌子の姿が見えた。


車は長崎警察署前で止まった。

「末永、降りろ！」

手錠をはめられた敏事は車から蹴落とされ地べたに転げ落ちた。

「何をする。私が何をしたというのだ」

抗議したが男たちは聞く耳を持たなかった。取調室と書かれた八畳ほどの部屋に敏事は入れられ、椅子に座らされた。部屋には黒いカーテンが張りめぐらされ天井から十燭光ほどの赤い電球が点いていた。

「おまえは共産主義者か」

背の高い男が眼孔を開け威嚇した。

「ちがう。私は反戦主義者だ」

「なに！　反戦主義者だと。どこが共産主義者と違うのだ」

脇にいた男が竹刀を机の上に叩きつけると、敏事の体がビクッと反応した。

「反戦主義者の平和主義者だ。共産主義者ではない」

敏事も激高した。

「このばかやろー、反戦主義者は共産主義者ではないか」

男はまったくわかっていないようだった。この男は平和を願う者すべてを共産主義者と見ているようだった。

「末永、お前は聞くところによると優秀な医者だそうだな。そのお前がこのご時世に軍務にもつかず、反戦だと。だからお前は国賊なのだ」

敏事は男の顔をにらみつけた。

「この戦争に勝ち目がない」

鼓動が頂点にたっし心臓がはちきれそうだった。

「この野郎、言いたい放題言いやがって」

背の高い男が竹刀を握った。

「この野郎！」

竹刀が敏事の背中を打った。さらに打ち続けた。

「馬鹿野郎、非国民の国賊め！」

敏事は呻いた。男は何度も何度も叩いた。竹刀の割れる音と敏事のうめき声が室内に響いた。

「まあまあ」

もう一人の男が戒めた。

「末永、お前のことは茨城特高から連絡が入っている」

男は言うと書類を手に読み始めた。

「医師職業能力申告について私の立場を申し上げます。私は療養所勤務の医師として当療養所に入所してきた患者及びその家族に対し必要書類作成をする義務をもっています。私は反戦主義者であり、軍務を拒絶することを通告申し上げます」

「……」

「末永、茨城県警の富沢を知ってるか。やつが送ってきた。富沢は、優秀な医師だから頼むと書いてきた。今時こんなこと書くばかな警察官はおらんぞ、ありがたいと思え！」

敏事は富沢の顔を思い浮かべた。

敏事の唇から血が流れていた。敏事は二人をにらみつけた。

「あんたらこの戦争に日本が勝てると思っているのか」

声はかすれてはいたが眼孔は鋭く二人を威嚇するに十分だった。

ふたたび室内に竹刀の音が響いた。

「私はアメリカで一〇年もの間研究と生活をしてきた。日本とアメリカの総生産量は一〇対一だ、ピッツバーグのＵＳスチール、テキサスの大油田、デトロイトの自動車工場、広大な農地、何を見てもアメリカの物量はすごい。刑事さん、アメリカとやってはいかんのだよ」

敏事の言葉に男は激高し
「末永！　今朝のニュースを知らんのか。日本の大勝を知らんのか、国賊め！　大和魂を知らんのか」

と怒鳴り敏事の体に竹刀を何度も打ち付けた。

「目をあけろ！　日本は負ける…」

敏事は床に臥し息絶え絶えに言った。と同時に敏事の体の上でバケツの水がはねた。

もうろうとした意識の中で、男たちの会話がかすかに聞こえた。

「どうだ、末永先生、軍の結核医療施設で働かんか、そう皆が願っている。そうすればここを出られる」

「……」

「どうだ！」

敏事は体を横たえ男たちに向かい、

「私は満州に行くことになっている」

とかすれた声で言った。

「そうか、残念だが満州はなしだ、しばらくここにいてもらう。いいな、末永」

竹刀を持った男がにやつきながら「おまえも懲りないやつだ」とあざ笑った。


留置場には数人の男が入っていた。

「ひどくやられましたな」

無精ひげをつけた三〇歳過ぎの男が声をかけた。

敏事は男を見ると「戦争に反対してね」と言った。

「そうですか、私は貝塚と言います。ここへ来るまでは中学の教師をしていました。教え子たちが戦争にとられるのを見ていられずに役場に抗議したらここに入れられました」

「そうですか」

男は人のよさそうな顔をしていた。

「私は末永と言います、医者です、お見知りおきを…」

「貝塚です、顔がひどい、どこか痛みますか」

敏事は体を起こすと「いや、大丈夫」と言った。

「先生はこの戦争をどう思いますか」

「貝塚さん、誰が聞いているかわかりません、小声で話しましょう。結論から言います、負けます」

貝塚はうなずき周囲を見回した。

「我々は思想犯刑務所に入れられるのでしょうか。私たち教師は新しい教育の在り方を求めて研究をしてきました。体制順応の非科学的な根拠のない教材はいつわりです。子どもたちの能力をいかにのばすか、それを僕らは新興教育と呼んでいましたが、多くの仲間は捕縛され、拷問を受け投獄されました」

貝塚は敏事の耳元に口を寄せると、

「戦争は誰かの利益のために起きます。そして純粋無垢な若者が戦争の犠牲になります。その仕組みを知らせることです、教えることです。できることは反戦です。末永さん木口小平は日清戦争の時、ラッパ手として参戦し死んでもラッパをはなさなかったと修身教科書にあります。木口の戦死はもちろん立派なものですが、その後を語ることがない。残されたのは年老いた母親です。働き手を失った百姓は悲惨な生活を送らなくてはいけない。美談もいいでしょう。しかしその後は語られない、私たち新興教育の担い手はそこに重点をおいて教育をしています。将兵の死を勇敢な物語としてだけとらえ子どもを戦場に駆り立ててはいけないと思います」

敏事は貝塚の目を見た。純粋な透き通るような目だった。

「貝塚さん、教育界にあなたのような方がいたことを誇りに思います。私は医師職業能力申告書に反戦と軍務拒絶を記し特高に追われました。しかし戦争に反対することはけして無駄ではありません」

と言うと敏事は毛布にくるまり横になった。このような青年がいることは救いだった。いつかは戦争が終わりいい時代が来ると思った。

横になり目を閉じると脳裏に有馬川の光景がよみがえった。

翌朝、敏事は刑事の尋問を受けた。

「どうだね、末永先生、療養施設の医師に行く決心はついたかね。あんたの能力を生かさない手はないだろう。そうすれば今までのことはなかったことにするとお偉方がいってる」

敏事は黙っていた。

「あんたのことはわかっているよ。それにしてももったいねえ」

そういうと刑事はいなくなり、敏事は一人取調室に残されかわりに色黒の男と若い警官が入ってきた。新顔だった。警官は敏事の手首に手錠をかけ椅子に座らせ、色黒の男がいきなり「きさま、いい加減にしろ」と言うと、敏事を殴打した。敏事は床にたたきつけられた。唇が切れ血が流れた。男は手加減しなかった、胸倉をつかむと右手の拳で頬を思い切り殴りつけた。敏事の体が壁にたたきつけられ胸部に激痛がはしった。

「おれはインテリが嫌いでな。そのうえアメリカ帰りは許せねえ、日本の敵だ。ざまみやがれ、真珠湾でやつらの船は全部沈んだ、日本の勝ちだ」

そう言うと高らかに笑い再度顔面を殴打した。顔面が膨れ上がった。敏事は何度も床に叩きつけられた。

「この野郎、国防保安法を知らんのか、きさまはアメリカのスパイだ」

「あんた幾つだ…、まだ二十代か」

若い警官の顔を見て敏事は言った。警官は顔を背けた。

「この野郎」

色黒の男は言うと竹刀を敏事の背に落とした。敏事は血に染まった口で「この戦争は負ける。私はアメリカという国をよく知っている。あんた…」

敏事は息絶え絶えに言った。

「この野郎、国賊め！」

男は竹刀を叩き続けた。敏事のうめきとともにバシバシという音が室内に響いた。

敏事は耐えた、いずれあんたにもわかるときがくる。この戦争は負ける、それがわからんのかと思った。そして意識を失った。


敏事は痛みの中で目が覚めた。

耳元で誰かが呼んでいた。うっすらと目を開けると貝塚がのぞきこんでいた。

「ひどい目に合いましたね。先生のような立派な医者にこんなことをするなんて」

貝塚の目から涙がしたたり落ちた。

「ばかやろう。ばかやろう、なんでこんなむごいことをするんだ」

貝塚は敏事の体を抱くと悔し涙を流した。「先生、まちがっていますよね。まちがっていますよね」と何度も言った。

意識がもうろうとする中で貝塚の声が救いだった。いつかは彼らもわかるときが来る。しかしそのときはもう遅いかも知れないと思った。そして戦場で死んだ兵士を思えばこれしきのことは我慢しなくてはと心に留めた。それから数日間、敏事は立つことができなかった。

耳元で「末永」と言う声がした。

目を開けると見覚えのある男の顔があった。

「覚えているか、君に台湾行を勧めた医専の小松だ」

「先生？　小松先生」

目の前の顔は長崎医専で医学史を教えていた小松だった。小松の頭髪はすでに白くなり時の経過を思わせた。

「末永、ひどい目にあったな」

「先生はどうして？」

「君と同じだよ、戦争に反対してね、このありさまだ」

小松はさみしそうに笑った。

「末永、これだけは言っておこう。命を粗末にするな、柔軟に生きろ。君ともう会えるかどうかわからんが、私の君への最期の授業だ」

小松は言うと横になった。

＊

数日後面会人だと知らされ接見室に行くと、待っていたのは銀二と佳代だった。

佳代は敏事の顔を見ると「お兄ちゃん」と言って目を赤くした。

敏事の顔は腫れ上がり痣と血が付着し見るも無残な顔だった。

「敏ちゃん、大原社長のはからいで面会に来ることができた」

銀二の勤める出島鉄工所は軍の仕事をしている関係で大原が軍部に顔が利くことは知っていたが、そのことに敏事は触れなかった。

「迷惑をかけたな、満州に行こうと思ってな…。こんなことになってしまった」

佳代は敏事を見ると、

「お兄ちゃん、馬鹿よ」

と言った。

三人の会話は警察官によって書き取られているため細かい話はできなかった。

「このままだと満州へは行けそうもないな」

「和歌子さん、楽しみにしてらしたわ」

どこで聞いたのか佳代は和歌子のことを言った。

「いつ出られそうなのですか」

敏事は首を横にふった。

「わからないな」

面会時間は瞬く間にすぎていった。

銀二と佳代が帰ると、刑事が「軍人療養施設に行く決心はついたかね」と言ったが敏事は応えなかった。

数日後、敏事は長崎刑務所に移され、刑務所内の病人を診たこともあり半年後に出獄した。

＊

一九四二年、日本軍はマニラを占領、シンガポール攻略と破竹の勢いで戦火を拡大していった。その年米軍は東京、名古屋、神戸を初めて空襲、そしてミッドウェー海戦で日本軍が敗退すると日本軍の旗色は悪くなった。

敏事は出獄後今福に戻り夢追塾の裏手にある納屋に潜んだ。監視の手は回っているとわかりきっていたが、戦局が悪くなると一介の医師を追いかけはしまいとも思った。

敏事が納屋に潜んでいる間、和歌子は長崎から今福まで足を運んで宗達の実家に泊まり敏事の面倒を見た。

故郷は敏事をやさしく包み込んだ。見慣れた田畑、森林、小川のせせらぎ、茜色の太陽、すべてが昔のままだった。やさしい故郷の光は納屋にさしこみ、すべてが有馬川の岸辺で幸太郎や銀二と遊んだ頃と同じだった。もし平和な時代だったら皆が夢を実現させ故郷に錦を飾り有馬川の夕日を一緒に見ることができたかもしれない。

和歌子が納屋の隅で夕餉の支度をしていた。ふと和歌子と結婚をしていたらと思った。すると和歌子の後ろ姿が愛おしく思えた。

「和歌子さん」

「なあに」

和歌子は笑みを浮かべ振り返った。

「人生は思うようにいかないな」

「そうね。でもこうして敏事兄さんといられるだけで幸せだわ」

と言い笑みを浮かべた。

「敏事兄さんか、そんなときがあったね。遠い昔だ…」

和歌子の笑顔が美しかった。抱きしめたいと思った。

「そう、家の縁側に座りよく話をしたわ」

「……」

「でもあなたは遠くに行ってしまった」

「ごめんね」

「いいのよ。遠い遠い昔の話よね」

和歌子はお椀を手に取るとお玉で味噌汁をすくい口に入れた。

「おいしいわ、敏事兄さんこれからどうするの」

「僕か、そうだな、一度東京に出たい、幸太郎にも会いたいし、日米開戦後の東京も見てみたい」

「東京を？」

「そう、国は金属回収令を出したね。お寺の鐘や門柱、門扉など金目のものはなんでも供出せよというわけだ。それで武器をつくるのだが、たかが知れてる。和歌子さんアメリカは資源大国だよ。僕はもう日本は末期的だと思っている」

囲炉裏にのせられた鍋から白い湯気があがり、隙間から差し込んだ光で白く輝いた。

翌日、敏事と和歌子は道伯と葵の墓前に立ち、藤の花を献花した。

「おじさんの家に来るとここによく来たわ、敏事兄さんは知らないでしょう。お父さんが長崎に出て商売を始めてうまくいったときも、そうでないときも道伯先生にいつも相談に来ていたのよ。それで私もついてきた」

「そんなことがあったのか」

「敏事さんは知らないと思うわ。いつもお勉強をしていたし、いつも幸ちゃんや銀ちゃんたちと遊んでいたから。道伯先生とお母さま今頃天国で何をしているのかしら」

敏事は道伯の墓前に膝まずき手を合わせ、「お父さん僕は迎合できない。この時世に迎合できない。お父さん、やはり戦争はいけない。そう教えてくれたのはお父さんだよ」とつぶやいた。

「和歌子さん、僕はまちがっているのだろうか」

和歌子は敏事を見つめ間をおいてから「それがあなたの生き方なのよ、だから私は…」

と言うと涙を流した。

「この戦争は負けるよ」

「……」

「今日は有明海が見えないな」

丘の上から二人はしばらく海の方向を見つめていた。すると木の葉が突然音を立てて揺れ大粒の雨が降ってきた。

「雨だよ。戻ろうか」

二人が納屋に戻ると外で物音がした。

「和歌子さん動かないで。誰かいる」

二人に緊張が走った。息をひそめじっとしていると「敏ちゃんいるか」と声がした。

「だれだ」

「僕だ、銀二だ」

和歌子と敏事は目を合わせた。

「銀ちゃんか、中に入れ」

敏事は小屋を開け、左右を確かめると銀二を中に入れた。

「銀ちゃん、つけられてないか」

「大丈夫だ。宗達先生の実家に佳代がいる。俺は小便に行くと言って外便所に行き、そこから出てきたが、たぶん警察は外で張っているはずだ。敏ちゃんここはばれていない、だが長居はできない。これをもっていけ」

そういうと銀二は袋を出した。

「なんだ」

「金だ。金が要るだろう、もっていけ」

敏事は胸に込み上げるものがあった。

「これからどうする」

「東京に出る」

「そうか、今会社のトラックで来ている。今夜長崎に帰る。それに乗れ、いいか敏ちゃんひとりだ、和歌子さんはここに残れ」

銀二は戸板に水が流れるように言った。

「俺はもう帰る、長小便は怪しまれる。敏ちゃん、長崎までは荷台のシートに隠れていてくれ。工場に戻ったら商品を載せこのトラックは佐世保に向かう。荷物の間に隠れるといい。そこからは敏ちゃん自分でどうにかしろ」

「わかった。銀ちゃん、恩に着る」

銀二は用件だけ言うと暗闇の中に消えた。

＊

五日後敏事は、神奈川県茅ケ崎の佐貫診療所にいた。

佐貫は敏事の顔を見ると「生きてたか、ここにいて構わんぞ」と言った。

「どうした」

「徴用されたよ。こんな爺さんを」

と言って笑った。

「どこだ」

「わからんが、軍の病院じゃないか、末永、俺の看板で診療を続けてくれ。俺はしばらく帰れないだろう」

「家族はいるのか」

「家族？　俺は独身だ。看護婦は帰した、医療器具は自由に使え」

「悪いな」

「そうだ、お前にうってつけのいい所がある。ここから海岸に向かったところに南湖院という結核専用のサナトリウムがある、敷地は五万坪ほどある東洋一の施設だ。病院を開設した高田畊安は京都医学校を経て東京帝大医学部を出ている秀才でクリスチャンだ。お前のことはわかってくれると思う。入院患者には国木田独歩や坪田譲二がいる、なぜ気付かなかったのだろう、目と鼻の先にお前に適した施設があった。白十字会保育農園よりもここを紹介すべきだった。お前も知らなかったのか」

　敏事は佐貫の顔を見ると、

「病院名だけは知っていた」

　と笑った。

「末永、俺が南湖院の手伝いを始めたのはお前が茨城に行った後だったからな。その顔じゃまだ追われてるな」

　敏事は頷くと「長崎の官憲にやられた」と言った。

「そうか、お茶でも飲むか」

そう言うと佐貫は台所に向かった。

波の音が遠くから聞こえてくる。闇の中に道伯の柔和な顔が浮かんだ。

「敏事、無理をするな。一時軍部の手伝いをすればいいのだよ。わしは、とがめはしない。しなやかに柔軟に生きることも必要だ。これは詭弁ではない、生き方の問題だよ。お前が除役結核軍人療養施設に行くならそれはそれでいいではないか。それも人助けだ。兵士は好んで戦役にとられたわけではないのだよ」

父の顔が漆黒の中に消えた。

海は静かに凪いでいた。

「何か食うか」

佐貫が声をかけた。

「魚ならあるぞ、海が近いからな」

佐貫の顔に長崎医専の時の青年の顔がだぶった。

「そういえば長崎医専の楠の下で会ったときのこと覚えているか」

「覚えているとも。俺と瀬田が酩酊してお前を引き込んだ。あのとき瀬田が俺に言った。長崎中学健児の心意気を新入生に見せてやろうとな。しかし考えてみれば俺も瀬田も新入生だったわけだ。わはは、よし魚を食おう」

佐貫は饒舌になっていた。それは戦地に赴く自分に何かを言い聞かせているようにも思えた。

「末永、いいものがある」

そう言うと佐貫は診察室の薬品棚の下の扉を開けて一升瓶を出した。

「よかった。この酒も行き場が見つかった。わ、ははは」

その笑いはなぜか敏事には悲しく聞こえた。

部屋の灯りは付けなかった。月明かりが部屋の奥まで差し込み静寂な時が流れていった。

「徴用はいつだ」

しばらく飲んでなかった酒が、敏事の五臓六腑にしみわたった。

「明後日だ」

「そうか」

敏事と佐貫は互いに酒を酌み交わした。深い沈黙が時を支配し窓の外では月明かりに照らされた海面が輝いていた。

一九四三年（昭和一八年）に入った。戦局は悪化の一途をたどり大本営発表も玉砕、撤退、転進という意味不明の言葉を踊らせた。一月ニューギニヤで日本軍玉砕、ガダルカナル島撤退、四月連合艦隊司令官山本五十六戦死、五月アッツ島日本軍玉砕。

日本人には昔から死を目前にした時は「いさぎよく死ぬ」というある種のモラルがある。武士らしくはその典型であろうと思われる。そう考えると玉砕は勇ましくも聞こえるが、見方を変えれば全滅を意味している。転進は任務や作戦の変更のように新聞には書かれたが、しだいに国民の多くは日本軍が敗北したと暗黙の内に理解するようになり、太平洋戦争の主導権がアメリカに握られていることも国民はうすうす感じた。

それでも国民を戦争に駆りだすため「進め貫け最後まで、最後のとどめさす日まで」と喧伝した。今思えば破滅への鼓舞だったのである。

＊

早朝、敏事は佐貫とともに南湖院に向かった。広大な土地に広がる南湖院の建物は松林の中に一二の病棟と多くの施設を持ち、建物すべてが長い廊下でつながっていた。

「末永、南湖院に病室がいくつあると思う」

「五〇室くらいか」

「いや、全部で病室は一五八室、敷地も部屋数も東洋一だ」

敏事はその規模に驚いた。しばらく歩くと建物の前を老人が歩いているのが見えた。

「先生、お早うございます。お散歩ですか」

佐貫が声をかけた。

「ええ、毎日の日課ですよ。歳をとっても足腰は強くないといけないですからね」

「そうですか、僕も見習わなければいけませんね、ところで先生、今日は偉大な人物をお連れしました」

「誰だね」

「高田先生、結核の権威末永敏事医師です」

「ほう末永君ね。こんなところにめずらしい。知っていますよ、シンシナティ大学医科細菌学・生物化学教室の末永ドクター、君の論文〈結核菌の抗酸性に関する研究〉を読みました。たいしたものだ、なぜ君が私のところに来ないのか不思議に思っていましたよ」

　高田は敏事を見た。

「先生のところに早く来るべきでした」

「末永君、君は東京帝大の研究医にもなっていますね。僕は明治二三年に帝大に入りましたから君は僕の後輩にあたるわけだ」

　そういうと高田は笑った。

「荷物はそれだけかね。佐貫さん、事務長に話して先生の部屋を用意してください」

　それだけ言うと高田は散歩を続け、一切細かいことは聞かなかった。


「末永先生」

　青空の下で日光浴をする女性患者の黄色い声が敏事の耳に届いた。

「先生は偉大な結核医なんですって！」

「偉大とはうれしいですね、誰に聞きました」

「誰って、皆が言っていますよ」

　南湖院に来て三日目だというのに敏事は患者に好意をもって迎えられたのだが、知名度が上がると危険度が増すと思った。

敏事は南湖院の生活が楽しかった。一つには高田の人間性であり、もう一つは患者とのやり取りであった。

高田は同志社教会で受洗し医学を究め、南湖院を開いた。そして一九三九年（昭和一四年）年一二月に発行された入院者の生活ガイドブック高田畊安編『南湖院一覧』が内務省警保局図書課の検閲によって発売頒布禁止処分を受けた。内務省警保局編の秘密文書「出版警察報」によると禁止理由は、「基督に政治と宗教の二面ありて政治権力は神武皇室に在り、又宗教倫理はイエス基に在りて發現せらる（後略）」の記述が「皇室ニ対シ不敬」にあたると高田は内務省に呼び出されたのである。

しかし充実した南湖院での生活もそう長くは続かなかった。どこからかぎつけたのか二人の特高が南湖院を訪れた。高田は二人の訪問にしらを切ったが男は執拗に迫った。

高田は敏事を南湖院の第七病舎の空き部屋にかくまった。その隣には内務省警保局保安課長が結核で入院しておりもっとも安全だと思えたからである。特高はあきらめ帰って行った。

その夜敏事は南湖院をひそかに抜け出すと相模鉄道相模線の線路に出て茅ヶ崎から無蓋車に飛び乗った。そのとき「いたぞ、末永、待て！」という男の声が追いかけてきた。

「末永、何もしない、軍にはあんたの協力が必要だ、逃げるな」

男の真意ははかりかねた。

敏事は先頭車両に追い詰められると「末永、なぜ逃げる」と声がした。声の主は富沢だった。富沢は敏事の腕をつかむと「俺はあんたを救いたいんだ」と言った。そのときもう一人の男が敏事の顔面をこぶしで思い切り殴りつけた。「この男にそんなことするな」と富沢の声が聞こえた。男が敏事を足蹴りにすると、その拍子に無蓋車からほうりだされ線路脇にたたきつけられた。

「殺すな、末永は生け捕るんだ、彼の才能を生かすんだ」

富沢の叫ぶ声が無蓋車の音とともに遠くなっていった。

その後どのように逃げたか敏事は覚えていない。トラックの荷台に飛び乗りトラックは暗闇を走った。荷台に横たわる敏事の顔に朝日が差しこんだ。

「だんな、だんな」

敏事が目を開けると、額に手ぬぐいを巻いた男の顔が目の前にあった。敏事は逃げようと立ち上がった。すると男が袖をつかんだ。

「だんな、事情がありそうだな」

「ここは」

男は敏事の顔を覗き込み「ひでえ顔してるぜ。顔をふかねえと怪しまれるぜ。これ食べなよ」と言って男は新聞紙でまいたサツマイモと布切れを敏事の前に差し出した。

「俺もすねに傷をもつ身だ。俺は何も聞かねえぜ」

男はそう言うと車から降りるように促した。

「ここは？」

「ここか、品川界隈よ、そのうち空襲があるっていうもっぱらのうわさだ」

敏事が荷台から降りると、男は籠を敏事の前につき出した。

「これは？」

「いいかい、籠を背負い頭に手ぬぐいをまけ。それで立派なゴミ拾いのじじいだ。上着は汚してところどころ破いておけ」と言うと、男は敏事の肩を叩き運転席に乗りこんだ。

「じゃ、あばよ」

男がアクセルを踏み込むと真っ黒い排気ガスがあたりに充満した。

敏事は不思議な男だと思った。


敏事は大きな道路を避け道のゴミを拾うようにして、人目を気にしながら新宿を目指した。路上の新聞を拾うと家陰に隠れ開いた。

新聞には、ジャズなど米英の音楽禁止、たばこ値上げ、中等学校の修業年限短縮などの記事が載り、ひときわ大きな文字で「撃ちてし止まむ、山本五十六元帥の仇は増産で」の記事がおどっていた。

敏事は空腹を感じた。しかし店という店はしまっていて食料を得るどころではなかった。敏事は井戸を見つけると水を腹いっぱい飲み、男にもらった芋を小さくして何回にも分けて食べた。

しだいに空が暗くなり鉛色の雲から大粒の雨が降り出した。敏事は逃げるように木々の生い茂る森を抜け広大な広場に出た。それが代々木の大日本帝国陸軍の練兵場であることはすぐにわかった。

赤い大地は歩くと土が足にまとわりついた。ここは人目につきやすいと思った。そういえば二・二六事件の主謀者一五名が銃殺されたのもこの辺だと思った。敏事はやっとのことで見覚えのある風景にたどり着いた。街はひっそりとし雨音だけがやけに大きく聞こえた。

表札に木村医院の文字を見つけると力が抜けた。幸太郎を頼れば必ず迷惑がかかる。しかし今日だけは許して欲しいと願った。

木村医院の前に立つ敏事を二人の男が物陰から見ていた。

第八章
鉛色の雲

鉛色の雲が町全体を覆っていた。

一九四三年（昭和一八年）一〇月、灯火管制下の東京新宿、灯りがもれぬようにどの家の窓にもカーテンが引かれ電灯に黒い布がかけられている。室内の暗さは息詰まる時代を象徴していた。

東京銀座界隈の商店街や繁華街には「日本人ならぜいたくはできないはずだ！」と書かれた立看板がならび、戦況がままならぬことを象徴していた。銀座とはいえ男も女も質素ないでたちで歩いていた。

木村幸太郎は暗がりの中でラジオのスイッチを入れた。雑音交じりのスピーカーから葬送曲「海行かば」が流れていた。日本軍（陸海軍）の最高統帥機関である大本営は、戦時下の国民に戦況が有利のように伝えていたが、歯科医であり高等教育を受けた木村は疑っていた。

夕方から降り出した雨は、しだいに雨脚が強まりあたりは薄暗くなった。新宿二丁目と書かれた路面電車の停留所は大正時代に作られたものだが、開戦以来乗客の足は遠のいていた。以前ならこの時間になると商店街に灯りがともり、遠く遊郭の明かりが揺れ、路面電車が花をそえるのだが、今は一面灰色に塗りつぶしたような異様な光景だった。これが戦時下の東京である。

　幸太郎の次男秀雄は入隊までの日々を数えながら雨戸を閉めようとすると、玄関戸が強風のために音を立てた。すでに雨水は玄関前にたまり、今にも敷居を越え流れ込みそうであった。

　ザーという音とともに雷鳴がとどろき、大粒の雨がトタン屋根を激しくたたいた。窓から見える草木は激しく揺れた。

「ガシャ、ガシャ」

　玄関戸が揺れ雨音と混在し複雑な音をたてた。気になった秀雄は様子を見に玄関まで行った。ガラス越しに黒い人影が映っていた。秀雄は恐る恐る玄関戸の隙間から外をのぞいた。

「あ！」

　玄関前に全身ずぶぬれの男が顔面蒼白な顔で立っていた。しかも頭には布を巻き顔に傷跡が見てとれた。眉間の深い皺、憔悴しきった顔、上着は破れまるで敗残兵のようだった。秀雄と男の目が会った。知的な感じがし、どこかで見たような気がした。

　男は玄関戸の取手に手をやると開け、秀雄の顔を見て帽子を取った。

「末永です」

「?…　末永?」

秀雄はわからなかった。

「すえなが?」

「そう、その末永です」

秀雄は記憶をたどった。父と同郷の世界的な結核の権威、末永敏事博士かと思ったがあまりに貧相だった。秀雄は末永をまじまじと見た、理知的な目だった、末永博士は反戦を叫び追われていると父に聞いたことがある。本当に博士なのだろうか。

男は左右背後をせわしく見ると「今福の末永です、お父上にお取次ぎください」と言った。

秀雄は敏事を前に足が震えた。

「今、父を呼んできます、中にお入りになってお待ちください」

敏事は、

「ご子息ですか」

とだけ言い、中に入ろうとはしなかった。

敏事の来訪を聞いた幸太郎の顔は険しくなり、秀雄に「外を見てこい」と言い廊下を走った。玄関前に敏事が立っていた。幸太郎と敏事の目が合い、幸太郎は敏事を玄関内に入れると肩を抱いた。敏事の手は冷え小刻みに震えていた。

「敏事、お前！」

と言い、敏事をさらに強く抱きしめたが言葉が続かなかった。

秀雄が玄関の隙間から外を見た。飛雨の向こうの電信柱の陰に二人の男が立っていた。

「父さん、二人いる」

秀雄は指を二本立てた。

「だれだ？　官憲か」

敏事はうなずき、悲しそうな顔をした。

幸太郎は敏事の目を見つめると再度肩を抱きしめた。

「どうした！　追われているのか」

と言った。

幸太郎の耳に嗚咽が聞こえた。敏事の緊張が幸太郎に会いほぐれたのだ。幸太郎は敏事を離すと微笑んだが、敏事の表情は変わらなかった。

「敏ちゃん、着替えをもってくる、そのままでは体に悪い」

二人は今福で敏ちゃん、幸ちゃんと呼び合った頃に戻ったような気がした。

「座敷に上がれ」

「いや、ここでいい、お前に迷惑はかけられん」

「秀雄、男はまだいるか」

「はい、います」

秀雄の声が震えているように思えた。

「幸ちゃん、特高と憲兵だよ」

秀雄は特高と聞き背筋に悪寒が走った。父を見た。父は権力に屈することはない。結核の権威末永博士はなぜ追われるのだろうか、父はどうするのかと思った。

「あいつらここを張ってたな」

幸太郎が外を見た。

「幸ちゃん、鳥打帽の男がたぶん特高の富沢、彼は私が白十字会保育農園で逮捕されたときからの付き合いだ。もう一人はたぶん憲兵だろう」

「なぜ憲兵に追われている？」

「私が反戦主義者だからだ」

幸太郎は敏事の心情が理解できた。敏事の父・末永道伯の講義所・夢追塾で学べば隣人を愛し平和を求めるに決まっている。

「罪状はなんだ」

「何のことはない、戦争に反対したからだ。それが陸軍刑法違反だという」

幸太郎はそれ以上聞かなかった。敏事の言葉はしっかりしていたが、目はうつろであり心労を伺わせた。

「敏ちゃん、座敷に上がれよ」

「いや、お前に迷惑はかけられん」

「……」

幸太郎は玄関土間に丸椅子を出し座るよう促した。

「その傷、どうした」

敏事の顔面にはいくつもの傷があり、目の周辺が切れ、血がにじんでいた。敏事の端整な顔は崩れ、見るも無残であった。幸太郎は込み上げるものがあったが抑えた。眼前にいるのは敏事だ。目を見た。故郷の有馬川で遊んだ敏ちゃんの純粋な目だった。有馬川の土手に寝転び将来の夢を語り、将来を誓い合ったときの日と変わらなかった。敏事は医者になるといい、幸太郎も医者になりたいといった。幸太郎の脳裏に有明の海が広がり盥のような太陽が落ちる光景が目に浮かんだ。二人の専門は違うが約束どおり医者になった。が、時代の波は敏事を押しつぶした。

「敏ちゃん、今のが次男の秀雄だ。三男の幸久は医専に行っているが繰上げ卒業で論文を書いている。軍医でもって行かれる。学徒出陣だ」

そういうと幸太郎は肩を落とした。

幸太郎の三男幸久は歯科医専門学校に在学していたが、昭和一六年施行の「大学・専門学校在学短縮決定」により入隊することが決まっていた。繰り上げ卒業のあわただしい中で卒業論文を書き上げなければならなかった。

戦争は兵ばかりでなく多種の軍医を必要としていた、歯科医の派遣は少なく一個師団に数人しかいなかったという記録もある。また軍医は専門の如何に係わらず戦場に出れば負傷兵の手当もしなければならなかった。日本軍の輸送手段は軍馬に頼ることも多く、中国戦線では獣医師は医師の二倍の数が派遣されたという。獣医もまた戦場にあれば牛馬に限らず兵士の手当てもしなければならなかった。戦争末期になると五〇歳に近い医師にも召集が来た。

「二八歳の長男は満州だ」

「そうか」

二人の間に重い空気が流れた。

敏事の頬に涙がこぼれ落ちた。

「もう日本はだめかもな」

敏事の言葉に驚いた幸太郎は周囲を見回した。どこで誰が聞いているかわからなかった、町内会の人でも安心できない相互監視の時代だった。

「秀雄、悪いがお湯を沸かしてくれんか」

秀雄はうなずくと奥に下がった。

幸太郎の気遣いだった。幸太郎と敏事のことが官憲に知られれば逃亡幇助《ほうじょ》で秀雄にまで累が及ぶ。幸太郎は官憲を恐れはしないが、秀雄が巻き込まれることを恐れて退席させたのである。

「それで、これからどうする」

「友人、知り合いなどに助けてもらっている。おそらくこの戦争は負ける。僕はアメリカにいたから敵国の国力はわかっている。新聞報道、大本営発表は嘘だ。国民もすでに気づき始めていると思うが…」

幸太郎は敏事に近よると耳元で、

「敏ちゃん、それは私も感じている。転進というが、あれはおそらく敗走だ。玉砕というといいさぎよいが、あれは全滅と僕は解釈している。子どもだましの言葉に庶民は気づき始めている」

　とつぶやくように言った。

「その話はよそう、誰が聞いているかわからない」

　敏事は顔の傷に手をやった。

「痛むのか」

「いや、これしきのこと」

　敏事は顔を玄関に向けた、雨足は変わらず外はすでに暗闇が支配していた。

「結核医というだけで私は殺されないで生きてこられた。軍隊は兵舎で寝食を共にする、それゆえ軍隊では結核が蔓延する。戦場では敵弾に倒れると思うだろうが、多くは結核、マラリヤ、アメーバー赤痢などにやられている。そして食べ物が不足し、ひどい場合は餓死だ。一人でも多くの軍医が必要なのはわかっている。それが戦争の現実だ」

「そうか」

「幸太郎、実は数ヶ月前に今福に戻った」

「今福に」

「追われてるので隠れ家を見つけにね。しかし田舎も安心できない。長崎では地区の諜報謀略が強化された。つまりスパイの摘発だよ。県民の防諜意識を高揚させるための対策だろう。官公民を対象にやるらしいが、隣組組織では互いに監視させ、意にそぐわない者は排除する暗黒政治だ」

そこまで言うと敏事は玄関を見つめ、

「これ以上長居するとお前に迷惑がかかる」

と言った。

「しかし敏ちゃん、行くところはあるのか」

敏事は幸太郎の目を見ると、

「清瀬村に結核療養施設がある。そこに行こうと思っている」

と言った。

「道伯先生の言葉を覚えているか。義を見て為（せ）ざるは勇なきなり」

「よく覚えている。父の口癖だった」

敏事は言うと目頭を押さえた。そんな敏事の肩に幸太郎はそっと手をおいた。

「先生は行うべきことを前にしながら行わないのは、臆病者だと言われた。確かに君が軍に従わず反戦を唱えることは勇気あることだ。しかし今官憲に追われ何もできない。軍に協力するふりをして反戦をすることも選択肢だと僕は思う。いいか、敏ちゃん、死んだらおしまいだ。先生は君が軍に協力してもけしてせめはしない。生きることだ、結核療養施設に行くことは賛成だ。仮にそこに軍人がいたとしてもいいではないか、軍人とて人の子だ、生きろ、敏ちゃん。柔軟に生きることも先生の意を継ぐことだ。いいか、戦争が終わったら互いに生きて会おう」

「幸太郎…」

敏事は幸太郎の手をにぎった。あたたかだった。

「秀雄、外の様子を…」

「いやご子息は出ない方がいい、中へ」

そういうと敏事は秀雄を奥に追いやった。

「ちょっと待ってくれ」

幸太郎は敏事を玄関に残し奥に下がり戻ってくると、

「敏ちゃん俺は何もできない、これを」

と言って新聞紙に包んだ金を敏事の手に握らせた。

「わるいな」

「敏ちゃん、死に急ぐでないぞ。俺は待っている、いいな！」

「幸ちゃん、また会おう」

幸太郎の目が充血していた。

敏事は幸太郎の手を握り、玄関戸をそっと開け左右に目をやると雨中に消えた。

幸太郎はそれ以来敏事の姿を見ることはなかった。

「秀雄、時勢だから仕方ないが命を粗末にするのではないぞ」

そういうと幸太郎はカーテンを少し開け、外の様子をうかがった。どこで誰が聞いているかわからない。空を仰いだ。鉛色の雲が覆っていた。

「明日も雨だな」

と幸太郎は言った。

＊

雨は降り続いていた。

敏事は幸太郎に借りた黒い傘で顔を隠すようにして新宿駅に向かった。

清瀬村の結核療養施設に台湾時代の同僚が勤めているらしい、というかすかな記憶を頼りに行こうと思った。

池袋に向かう電車内は乗客が少なかった。敏事は客車の隅に顔を隠すようにして座った。車窓に雨水が横殴りに吹き付けた。

池袋までが長く感じた。改札を出て武蔵野線（現西武池袋線）の改札に向かった。背後で「末永敏事だな」と声がした。敏事はビクッとして振り向くと富沢と黒い背広の男が立っていた。

「あきらめろ、末永」

富沢が言った。

敏事は頷くと、とっさに身をかわし駅舎の外に向かった。背後から「末永！」の声が追った。雨が敏事の顔を容赦なくたたきつけた。暗闇の中に鬱蒼《うっそう》とした森が見えた。根津山だった。大きな水たまりを超えようとして敏事は倒れ地面に顔をたたきつけられた。

黒い背広の男が「この野郎！」と言い、馬乗りになると敏事の顔に拳《こぶし》を打ちつけた。「往生際の悪い野郎だ」、男の声が雨の中に消えた。男は敏事の胸倉をつかむと立たせ、拳で何度も殴った。「もう、いい、もういいだろう」と富沢が敏事をかばうと、男は「貴様、それでも特高か」と言って富沢を殴った。

富沢は敏事の手に手錠をかけると耳元で「時代が悪い」と言った。

「貴様、何と言った。もう一回言ってみろ！」

富沢が男をにらんだ。

「俺の兄貴は国に殺された、姉御《あねご》は女郎に売られた。先生の何が悪いんだ」

と富沢は叫び男に殴りかかったが、男は「貴様も非国民だ！」と大声を放ち、男の鉄拳は容赦なく富沢を叩きのめした。

「この馬鹿野郎、貴様田舎に帰れ！」

敏事は男に連行され振り向くと、富沢が雨水の中で横たわっていた。

第九章
父母のもとへ

昭和一九年一一月二四日以降、Ｂ29による米軍の空爆は激しさを増した。米軍が落とした焼夷弾は地面に落下すると炸裂し周囲に大量のナパームと呼ばれるグリセリンやガソリンとの混合物をまき散らし、木造の日本家屋をまたたくまに延焼させた。火炎は高さ三メートルにもおよび、爆風と熱、そして爆弾の破片は人々を容赦なく殺傷した。

防空訓練で教わったバケツリレーや砂をかける防火は何の役にもたたなかった。昭和二〇年三月一〇日深夜、Ｂ29約三百機の編隊が東京を襲い焼夷弾を投下した。

「末永さん、あの火柱はどの辺ですか」

真紅に染まる空の下に激しく延焼する一帯が見えた。

「隅田川、錦糸町、秋葉原、いや、あの勢いだと山の手もやられているかもしれません」

「無差別ですね」

「米軍は軍事工場や軍施設を狙っているのかもしれませんが、大半は罪のない市民ですよ、勝てばそれでいいというのでしょうか」

敏事は池袋で捕縛された後、渋谷区宇田川町にある東京陸軍刑務所に移送され、その監房の窓から火の手を見ていた。話していたのは同房の台湾出身の軍属・宮原だった。

「宮原さん、私は昭和一三年医療関係者職業能力申告令の調書に反戦主義者ゆえ軍務を拒否すると書きました。戦争は人を不幸にします。この空襲を見てください。死んで行くのは罪もない人々です。拒否したがゆえに逮捕され以来とらわれの身です。私の専門は結核です。彼らは私が結核専門医だと知っていた。だから生かさず殺さずにいたのです。当時私は兵隊を治療することさえ戦争に加担することだと考えていました。しかし宮原さん、私は考えを変えました。召集兵は戦争の犠牲者です。故郷には親も子もいる。僕は友に諭されました。生きろと。そして病床で喘ぐ人々を救えと。私はここでは兵隊も捕虜も監視も診察しています。それに私はクリスチャンです、人を差別してはいけないのです。でもお笑いください、それがわかったのは最近のことなのです」

敏事の顔が真紅に染まっていた。

「僕はあの火の下で逃げ惑い苦しんでいる人たちも救えない、ただ祈るだけです」

そういうと敏事は嗚咽《おえつ》した。

「末永さん、戦火の下にいる人たちを救えないのはあなたのせいではない。戦争が悪いのです。僕は宮原と呼ばれていますが台湾名は李です。台湾に生まれ日本の教育を受けました。そして軍属として徴用され中国に渡り通訳をしました。が、大東亜会議で日本に通訳で来たときスパイ容疑で逮捕されました。私は何度か台湾独立を友人などに話したことがありました。逮捕の理由はそれでしょう」

宮原は言うと悲しそうな顔をした。

「宮原さん、僕は以前台北医院で医師をしていました」

「ほんとうですか！」

宮原は目を見開いた。

「そのとき僕の教え子に陳という学生がいて、とてもいい子で彼の協力もあり研究が進みました。彼も戦争にとられたのでしょうか」

「陳？　名前はなんと言います」

「陳国興《こくこう》」

「国興ですか、徴用されたときに陳という医者がいましたが名前はわかりません。彼も中国に派遣されましたが、その後のことは…」

「そうですか」

宮原が会った陳は国興だったかも知れない。敏事は国興が「僕は菜市場名と言います」

　と言って自己紹介したときの笑顔を思い出した。

「菜市場名…」

「なんといいました」

「いえ、なにも」

　敏事の脳裏に台湾の日々が思いだされた。

「台湾は好きですか」

「ええ」

　二人の瞳に真紅に染まる東京が映っていた。

　平時なら敏事は結核専門医として活躍していたかもしれない。宮原もまた能力を生かし貿易などの分野で活躍していたかもしれない。しかし時勢は二人の能力を生かすどころか抹殺してしまった。

「末永さん、日中戦争はやはり侵略ですよ」

「わかっていますが、誰が聞いているかわかりませんので、ここではタブーです」

　二人が監獄の窓から見た空襲は、江東区、墨田区、台東区などの住宅密集地を襲い一〇万人が亡くなり、二七万戸の家屋が焼け、罹災者は百万人を越えた。戦闘員以外の民間人を巻き込んだ無差別爆撃により、各地は阿鼻叫喚の地獄絵と化し東京大空襲と呼ばれた。その後も大規模な爆撃が続いた。

＊

陸軍刑務所中庭に桜の花が咲き風にときどき舞った。

「末永さん、外はもう春ですよ」

桜の花びらが風に流れひらりと鉄格子の窓から舞い込んだ。

「桜ですか、私の故郷も春になると桜が咲き…」

敏事はここまで言うと目頭を押さえ、そして「戦争さえなければ」と言った。

宮原と敏事は無言のまま鉄格子の外を見つめていた。敏事の脳裏に今福の山野が浮かび上がり、父と母がほほ笑み、子どもたちが夢追塾前の広場で声を上げている光景が映し出された。平和、それしか人間の求めるものはないはずなのに、なぜ人は殺し合いをするのだろうか。戦争さえなければ皆が幸福に人生を全うできるはずだ。

「末永先生いるか、患者だ」

看守の森脇曹長が呼び出す声はいつもの通り奇妙だった。先生をつけながら「いるか」と命令口調で言う。そして周囲を見渡す。明らかに森脇は敏事を尊敬しながら看守の面目を保とうとしていた。それが敏事には滑稽に思え、宮原も苦笑した。

「曹長は末永先生を尊敬しているのかね」

宮原の問いに森脇は留置場の鍵を開けながら、

「私の母は結核で亡くなりました、先生に診てもらえれば…」

と言った。

「曹長、行こうか。今日の患者は将校か」

米軍の爆撃が激しくなる中で、日本軍将兵で体調を崩す者が現れた。深夜の爆撃、粗末な食料、不衛生な環境などが刑務所内の人々の体をむしばんでいたのだ。それは囚人だけに限らなかった。

「今日は日本人ではありません。アメリカ兵捕虜で体調の思わしくない者がいます」

森脇は錠を開けながら言った。

「曹長、この戦争は負けるぞ」

宮原が言うと森脇は目をそらした。

「米兵は結核ですか」

敏事の問いに森脇は、

「わかりませんが、朝から咳をしています」

と言った。

陸軍刑務所には日本人約四百名そして米軍捕虜六二人が収容されており、二坪の監房に四人が詰め込まれていた。結核は飛まつ感染であり、集団生活をする刑務所のように狭いところではいともたやすく感染した。

敏事は森脇曹長のあとをついていき四号棟に入った。薄暗く換気の悪い棟から人のいびきや息遣いが感じられた。感染病が蔓延する環境だった。

「ここです」

森脇は他の看守もいたせいかよそよそしかった。

四号棟一二監房。そこは米軍捕虜のいる監房だった。

「おい、二八番お前だ。医者が来た」

森脇のせりふを通訳が訳した。

他の米兵が横たわる男の体をゆすった。敏事が白衣を身につけ監房に入るとビクッとした。そこに寝かされている顔に見覚えがあった。敏事は男の顔を見た。

「トムか！」

米兵はわずかに目を開けると、敏事の方に顔を向けた。

「シンシナティのトムか」

米兵はわずかに瞼を開くと敏事を見た。嗚咽があった、そして頬に涙が落ちた。

「トム、聞こえるか、私だ」

敏事はトムを抱きかかえた。

「ドクター　ドクター　マイ・ドクター・スエナガ」

とかすれた声で言った。

「トム、どうしてここに」

敏事は泣いた。そこにシンシナティの精悍なトムはいなかった。トムとの楽しい日々が一瞬走馬灯のように脳裏を走った。

森脇は敏事の後ろから、

「どうした?」

と言ったが敏事は応えなかった。

トムの胸に聴診器を当てると副雑音がし熱があった。咽頭周辺の炎症または気管支炎などが疑われた。朝夕の寒さが残る中、監房に入れられているのが原因と思われた。

「森脇曹長、もしあなたの裁量で栄養価の高い食品があるなら与えてください」

物資も食料も不足する中で栄養価の高い食品が手に入るとは思われなかったが、敏事は森脇に託した。敏事が立とうとするとトムが手を強く握り「マミー」と言った。トムの目が何かを訴えていた。それは天国にいる母へのメッセージだったのかも知れない。

診察が終わると森脇が、

「知り合いか？」

と聞いた。

「私がアメリカの大学にいた頃の教え子です」

敏事はあえて教え子と言った。

「その頃はまだ一五か一六の少年でした。彼はどうしてここに？」

「トムは米軍機の搭乗員で撃墜され捕虜となった」

「私と同じ刑務所にいる。神の思し召しか…」

森脇は「神の思し召し」と口走った敏事を不思議そうに見つめた。

その後もトムの症状は改善されなかった。森脇に薬の投与を呼びかけても「捕虜にやる薬はない」と断られた。

敏事の脳裏に米国での送別会でトムに投げかけた言葉がよみがえった。

「トムまた会えるさ。心配するな」

あの時トムは敏事の脇に座り終始黙りこくっていた。そして日本に連れて行ってくれと懇願した。敏事の言った通りトムと再会をすることはできたが、トムは敵国の軍人として日本軍に捕らえられた捕虜だった。皮肉な邂逅、これも神の思し召しなのだろうか。あまりに理不尽だと敏事は思った。

敏事はトムを診断するたびに「必ず良くなる心配するな」と言い肩をたたくと、トムの目から涙が流れた。

*

五月二五日午後十時三八分、監房の鉄格子の向こうに火の手があがった。

「末永さん大分近いですよ」

宮原が言った瞬間、刑務所が大きく揺れ壁が落ちた。敏事は立ち上がると鉄格子から窓の外を見た。さらに爆発音が地響きとともに轟いた。

敏事は鉄格子をつかむと、

「森脇曹長！　森脇曹長！　鍵だ！　監房の鍵を開けろ」

と叫んだ。

東部軍管区司令部は、本土決戦に備え忙殺され、陸軍刑務所の看守は手薄になっていた。

日本人囚人約四百名、米軍捕虜六二名それらの監房を瞬時に開けるのは無理があった。

敏事は監房から出ると森脇曹長から合鍵をもらい次々と留置場を開けていった。その間にも空襲は激しさを増し延焼の火の手は広がり地獄と化した。

「出た者は早く中庭に集まれ、逃げた者は銃殺する」

看守の声が響いた。

「永山少尉、四号棟はどうなっていますか」

「四号棟、あとだ。毛唐はあとだ」

そばにいた敏事が、

「四号棟に解放命令を出し、鍵を開けてください」

と言った。

「貴様はだれだ！」

永山は拳銃を抜くと敏事に向けた。

「医師の末永です」

「貴様は黙ってろ」

永山は言うと走りだした。

監房に火の手が上がりバリバリと音をたて屋根が崩れ落ちた。敏事は一目散に四号棟に向かった。数人の捕虜が「ファイヤー」「デンジャラス」と叫んだ。

四号棟一二監房の前に出ると敏事はトムの名前を呼んだ。

「トム！　トム！」

敏事の声は炎と建物の崩れる音に消された。

「ドクター　ドクター・トクナガ！」

猛煙の中、扉を何度もたたき引いたがびくともしなかった。

「トム待て、すぐに開ける　森脇曹長！　森脇曹長！」

トムの顔が赤く染まった、涙が赤い糸となり頬を伝わった。

「ドクター　ドクター」

「森脇曹長！　鍵だ　鍵だ！」

トムの頭上に火の粉が大量に降り注いだ。

「トム！」

「ドクター　逃げて！」

「トム　トム　森脇　森脇曹長」

監房の天井が燃え落ちた。

「ヘルプミー　ママ　ヘルプミー」

火の手が敏事に迫った。壁が焼け天井が燃え落ちた。

「トム！　トム！」

「ヘルプ　ミー　ママ　ママ　ア〜」

トムの断末魔の声が聞こえた。

敏事の前を数人の米兵捕虜が破壊された壁の間から逃げ出し外に向かった。硝煙の中で米捕虜を切り殺す光景が浮かび上がった。看守が「貴様、逃げる気か」と大声を上げ軍刀を振り回した。焼夷弾は雨のごとく降り注いだ。

「ドクター！」

トムの助けを呼ぶ声が耳にやきついた。敏事が「トム！」と叫び火の海に入ろうとすると、宮原が羽交い絞めにした。

「末永さん、あきらめろ、危険だ！」

宮原の腕は敏事の体に食い込み離れなかった。

米軍の爆撃は翌二六日午前一時過ぎまで続いた。四六二機のB29が渋谷を中心に襲い、赤坂、牛込、中野などで死者三五九六名、重軽傷一七八九九名を出し、全焼家屋一六五一〇三戸、罹災者は六二〇一二五名に達した。

見るも無残になった東京への最後の爆撃だった。

陸軍刑務所の日本人囚人約四百名は救出されたが、米軍捕虜は留置場内に置きざりにされ焼死し逃れようとした数名の米兵は斬殺された。

戦後、陸軍刑務所の看守は横浜で行われたBC級戦争犯罪人裁判で刑務所長・田代敏夫大尉を含め五人に死刑判決を出したが、その後全員無期重労働に減刑された。

BC級戦犯は通例の戦争犯罪または人道に対する罪に該当する戦争犯罪であり、GHQにより横浜やマニラなど世界四九カ所の軍事法廷で裁かれ、被告人は約五七〇〇人、内約千人が国内で裁判を受けた。

＊

日本人囚人は分散され都内にある警察留置場に一時収監され、その後敏事たち思想犯二〇人は宮城刑務所に移送されることになった。

六月、敏事の乗ったトラックの荷台から、荒野のごとく広がる焼野原が見えた。煙があちこちから立ち上《のぼ》り、処理されない遺体は道路わきに追いやられ腐臭をはなっていた。トラックは渋谷から表参道、四谷、水道橋をぬけ上野に向かった。トラック上の囚人たちは無気力にただ焼け野原を見ていた。やがて小高い山の上に銅像が見えた。

「西郷（隆盛）さんの銅像じゃねえか」と誰かが言った。

囚人たちは周辺の風景の変わり様に愕然とした。トラックの上から見えたのは上野松坂屋デパートや浅草松屋デパートの建物ぐらいで他は全て焼き尽くされていた。そこには人の気配も生活臭もなかった。敏事は底知れぬ恐怖を感じた。戦争とはこうも何もかも破壊し尽くすのか、と思った。

「あすこにキラキラ光るのはなんだ」と誰かが言った。

「深川の向こう！」

「末永さん、なんだろう」

敏事は言われた方角を見た。確かにキラキラ光っている。

「海じゃないか。空襲前には建物で見えなかった海だよ。それが光っている」

この日、米軍機の襲来もなく雲ひとつない空の下で海がきらめいていた。不思議な光景に囚人たちは我を忘れ見入った。しかし地上に目をやれば焼け焦げた家や人々の姿が無残に広がっていた。

上野駅に着くと構内には焼け出された人々が気力もなくうずくまり、数人の子どもが敏事たちに近づくと「おじさん」と言い哀れな表情で手を出した。周囲を見渡した。親を失った多くの子どもがいた。宮原は敏事を見ると顔を横に振った。子どもたちに何かをあげたいが護送中の身ではどうすることもできなかった。

戦局が悪化すると列車は大幅削減され、一等車、食堂車、寝台車は全廃、客車の編成は二等車が最優等となった。護送された二〇人は最後尾につけられた無蓋車の上に乗せられ、常磐線経由で仙台へと向かった。


六月一〇日、敏事たちを乗せた列車が、久慈川を渡ろうとしたとき行く手に黒煙が見えた。この日の午前中に軍需工場があった日立製作所一帯をＢ29が爆弾を投下、工場だけでなく近隣の家屋も被害を受け、その黒煙が上がっていたのだ。無蓋車に乗せられた囚人は声を上げるでもなくただ見つめていた。

そのとき米戦闘機Ｐ51が高度を下げ機銃掃射してきた。機銃弾はダダダと音をたて客車前方の屋根を貫いた。

「末永さん、大丈夫か」

「いや、僕は大丈夫だが宮原さんは」

宮原はうなずいた。

「無蓋車じゃよけようがない」

列車はしだいにスピードを緩め停止すると、またしても米戦闘機が撃ってきた。

「列車の下に隠れろ！」

監視兵は無蓋車の囚人たちに叫び飛び降りた。宮原と敏事が飛び降りようとすると機銃掃射弾が石をはねビシビシと音をたてた、その瞬間敏事の足に激痛が走った。

「宮原さん、やられた！」

敏事は這いながら無蓋車の下に入り込んだ。

「どこだ」

宮原は敏事に近寄った。

「ここだ」

敏事は足を押さえながら苦痛に悶えた。銃弾は大腿部を貫通していた。

「宮原さん、手ぬぐい、手ぬぐいで大腿部を抑え止血してくれ、できれば足の付け根を手ぬぐいで固く縛って、縛ってくれ！」

宮原は手ぬぐいをいくつかに裂き敏事の足の付け根を縛った。

「大丈夫ですか、末永さん」

敏事は落ち着くと、

「大丈夫です、動脈は外れています。私の指示に従って他の方々も手当てしてください、そこの兵隊さんは？」

と指示した。

無蓋車の外に倒れている若い兵隊は腕から血を流して呻いていた。

「兵隊はどうでもいいでしょう」

宮原が言うと敏事は、

「若い彼には将来があります。彼も好きで兵隊になったわけではないしょう。早く止血してください」

と言った。

宮原は敏事の指示にしたがい、傷ついた人たちを次々に手当てしていった。

やがて列車は動き出したが、無蓋車の客人は一六人になっていた。皆無言で乗っていた。逃亡すればできたはずだが、逃亡したとて行く当てはない。ただ無言でうつむき気力もなく列車に行く手を任せたのだった。そして仙台に着いた頃には駅は暗闇が支配していた。

＊

宮城刑務所は仙台市にあり、近くには広瀬川、北西に青葉城を見ることができる。敏事たち思想犯は数人に別れ監房を与えられた。戦局は悪く監視の数も少なく比較的ゆるい監房生活となった。

学問の都と呼ばれる仙台は軍都でもあり、陸軍第二師団が置かれ満州事変・盧溝橋事件に参戦し、太平洋戦争では蘭印に上陸、ガダルカナルで多数の戦死者を出しビルマ戦線にも参戦した。

敏事は収監後も傷が癒えず時々熱を出し一日中寝ていることが多くなった。傷口から細菌が入り体を蝕んでいると敏事は思ったが、監視に言っても埒が明かなかった。というより食料はもとより医薬品などは皆無に等しかったのだ。医薬品を請求すれば「薬は兵隊のものだ。貴様ら非国民にやる薬はない」と一蹴された。宮原は心配し

「薬さえあれば」と悔しがったが、どうにもならなかった。

「末永さん勘弁してくれ。薬が手に入らん」

「いいんですよ」

敏事は傷を負ってから三週間ほど経過すると、開口障害が現れときどき手足にけいれんを起こした。症状から敏事は破傷風ではないかと思った。やがて顔面の筋肉、首から背中、全身の筋肉が硬直し、手足が固まり動けなくなり一日中寝てすごした。

「宮原さん、すまない」

敏事は弱々しい声で言った。


軍都仙台を狙ってか米軍爆撃機Ｂ29や偵察機が飛来しては上空から写真を撮り大量のビラを撒いた。ビラには『仙台よい町森の町、七月十日は灰の町』と書かれてあった。

しかし軍部はアメリカの脅しだ、デマだといって取り合わなかったが、七月一〇日、テニアン島から飛び立ったＢ29の編隊が米軍の予告通り仙台上空に来襲した。

軍都仙台は工業面での重要性はないが、住宅が密集し延焼を防ぐ広い道路や広場がほとんどなく焼夷弾を落とすには好都合であり、ビラの心理的な効果は十分だった。

飛来したＢ29の編隊は、銀色の翼を広げ真っ赤な空にサーチライトの光を浴びスローモーションのように飛んでいった。

「おい、末永さん起きろ、空襲だ」

敏事は目を開けた、すると監獄の窓から真っ赤に染まった空が見えた。

「きれいだ」

「末永さん何を言ってる！　今看守が鍵を開けに来る一緒に逃げるんだ」

敏事は微笑むと、

「もういいんだよ」

と言った。

窓からサーチライトに照らされたＢ29の光跡は赤く、青く、黄色く移動しながらガラスで作られた模型のように飛んでいった。

「きれいだ。茜色に染まる有馬川の土手で見た…」

そう言うと敏事は目を閉じた。敏事の顔は微笑み、魂は父・道伯と母・葵の元に昇っていった。

あとがき

末永敏事氏の新聞記事を燦葉出版の白井隆之氏からいただいたのは二〇一七年一一月二一日のことである。記事は長崎新聞の記者・森永玲氏が書いた『反戦主義者なる事通告申し上げます』だった。白井氏は「これを小説化したいのでどうにかならないか」と私に打診した。

長崎新聞に書かれた敏事のノンフィクションは読むほどに私を引き込んでいったが、明治から日本の敗戦までの激動の時代を生きた敏事の足跡をたどるのは難しい作業に思えた。

私は読みながら森永氏の取材の力強さに感嘆し、小説にできるかどうか構成を考えた。

末永敏事はあの時代をグローバルに生き、優秀な結核医だったにも関わらず時代に翻弄され悲運の人生をたどった。しかも彼がどこでどのように亡くなったのかさえ明確でない。敏事は無念だったに違いない、彼を知れば知るほど彼をよみがえらせたいと思った。世界的な結核医がどう生き、どのようにして亡くなったのか、それを描くことが私の使命のように思えた。私は敏事を生き返らそうと必死にプロットを練った。

年が開けた三月一八日、白井さんが我が家を訪ねてきた。

「長さん、どう」

私は彼の笑顔に笑顔で応え出来上がったばかりのプロットを見せた。

「面白いね」

白井さんはそういうと笑みをたたえ、できあがったばかりのプロットを持ち帰った。

私の背を押したのは言うまでもなく末永敏事の数奇な生き様だった。書き進めると敏事が私に乗り移り、敏事の生きた時代を共に歩むようになった。そして彼が私の心の中で生き生きと動き始めたのは、彼が東京に出たころの描写からだった。彼は時代を恨んだにちがいない。私は敏事の生き方や頑なな姿勢に時にはいらだつこともあった。

敏事と私、比較にはならないが、言えることは、私がいい時代に生きているということだけ

は確かだ。敏事の研究論文や医学用語などは素人の私には理解できないこともあり苦労した。

　私は早朝の頭の回転の速いうちに毎日三時間ほど一年以上にわたり敏事の人生と格闘した。書き始めた頃、題を『弾劾』としたが、彼の人生に深くかかわった以上彼の名を出そうと、最終的に『小説・末永敏事』とした。

『小説・末永敏事』は、ノンフィクション的な小説である。

　確かに敏事の生涯を描くのは容易ではなかったが、その時代を掘り下げて考えることができたこと、あのような時代が二度とあってはならないことを考えると、執筆の機会を与えてくれた長崎新聞の森永玲氏そして白井隆之氏に心より感謝したいと思う。

　末永敏事氏、そしてあの時代に尊い命を落とされた方々の冥福を心より祈りたい。

長　洋弘

参考文献

日露戦争のあとの誤算　黒岩比佐子　文芸春秋
結核の文化史　福田眞人　名古屋大出版部
結核の歴史　青木正和　講談社
反戦主義者なる事通告申し上げます　森永玲　花伝社
結核研究先端から流転　長崎新聞
戦中用語集　三国一郎　岩波新書
天皇機関説　山崎雅弘　集英社新書
赤いホオズキ　池田錬二　章文館
パパ・バリ　長洋弘　社会評論社
ジャパン・クリスチャン・インテリジェンサー　内村鑑三（小舘美彦　小舘知子訳）　燦葉出版社
シンシナティ大学医科細菌学及生物化学室資料
東南アジアから見た近現代日本　後藤乾一　講談社
日本軍兵士　吉田　裕　中央公書
朝日新聞　２０１９・２・23　土門拳特高の監視対象
戦場体験　朝日新聞社編
軍医戦記　柳沢玄一郎　光人社
手記　反戦への道　品川正治　新日本出版社
太平洋戦争の謎　佐治芳彦　日本文芸社
昭和史　半藤一利　平凡社
あの戦争は何だったのか　保坂正康　新潮社

著者略歴
長　洋弘（ちょう　ようひろ）
一九四七年埼玉県に生まれる。谷川岳の山岳ガイド高波吾策氏に師事。東南アジアや中東などを主に取材。近年では日本・インドネシア国交樹立記念メインカメラマンとしてインドネシア世界文化遺産、バリ島などを撮影。大学、市民大学、写真教室などの講師を勤める。日本写真協会所属、文化庁登録写真家。作家。
賞歴
林忠彦賞、社会貢献者表彰、外務大臣賞（団）、国際児童年記念写真展大賞、土門拳文化賞奨励賞など。
著書
『帰らなかった日本兵』朝日新聞社　『二つの祖国に生きる』『戦争とインドネシア残留日本兵』『ミエさんの戦争』『海外日本人学校』草の根出版会　『遥かなるインドネシア』『ぱんちょろ　よーちゃん』『バリに死す』燦葉出版社　『ババ・バリ』『インドネシア残留日本兵を訪ねて』『インドネシア残留元日本兵（なぜ異国で生涯を終えたのか）』『冒険に生きる』社会評論社　『PERJUANGAN IB MIE OGURA』YWP、などがある。作品をアサヒカメラ、フォトコンテスト、歴史街道誌などで発表。他

カバー画・中谷勝敏

協力・末永敏事平和記念館
〒859-2300 長崎県南島原市北有馬町287

森永　玲・長崎新聞社記者

小説　末永敏事《すえながびんじ》

（検印省略）

2020年8月20日　初版第1刷発行

著　者　長　洋弘
発行者　白井隆之

発行所　燦葉出版社　東京都中央区日本橋本町 4-2-11
電 話 03(3241)0049　〒 103-0023
FAX 03(3241)2269
http://www.nexftp.com/40th.over/sanyo.htm
印刷所　日本ハイコム株式会社